AF314699

LA TROMPETTE DU CARNAVAL.

NOUVEAU CATÉCHISME POISSARD.

Recueil de Chansons de carnaval entièrement nouvelles, Dialogues, Rencontres et Propos joyeux, Épigrammes, Déclarations d'amour, Anecdotes curieuses,

OUVRAGE

dédié aux Rigoleurs, Flambards, Chicards, Balochards, Titis, etc., etc., etc.,

DES DEUX SEXES.

PARIS,

LE BAILLY, LIBRAIRE

Rue Cardinale, 6, près la rue de Buci.

(Faubourg Saint-Germain).

1861

LA TROMPETTE DU CARNAVAL

ou

L'Appel aux rigoleurs.

*Air de Bacchanal, chanté dans la pièce du
Juif-Errant.*

J'embouche, allerte, lurons,
   Ma folle trompette,
Mettez-vous tous en goguette,
    Barbons et tendrons ;
  Du père Mardi-Gras
    Célébrons la fête,
Chaud ! chaud ! que l'on s'apprête ;
    Place aux entre-chats,
Pour qu'en train chacun se mette,
Répétez ma chansonnette.
     Ah !
  Je suis le sans égal
Trompette du carnaval ;
  Bacchanal infernal,
  Vive le carnaval.

Roi des flambards, vrai chicard,
  Je passe ma vie
Exempt de haine et d'envie,
    Franc comme un bayard.
  Vive le carnaval,
    Pierrots et pierrettes,
    Accourez au bal.
Pour qu'en, etc.

Je m'y prends très-galamment
    Pour filer l'intrigue,
Au besoin je suis prodigue
    De beaux arguments,
Faire dire à l'écho
        Vingt farces grivoises
Affronter toutes noises,
        C'est chicancardo.

Pour qu'en, etc.

Pour tout bien j'ai ma gaîté,
        Pour chef la folie,
Jamais de mélancolie,
        Rire est ma santé;
Ennemi du repos,
        Gloire à la bombance,
S'il faut s'emplir la panse,
        Je suis tout dispos.

Pour qu'en, etc.

Turcs, paillasses, débardeurs,
        Titis et poissardes,
Montrez vos mines gaillardes,
        Vos airs tapageurs,
Si le qu'en dira-t-on
        Sort de sa coquille,
Que la joie ici brille,
        Et dans ce canton.

Pour qu'en, etc.

Convier tous les viveurs
        A trinquer ensemble,
N'est-ce pas que vous en semble,
        Appel aux farceurs ?

Buvons, chantons, sautons,
   Foin, pour la critique,
   Telle est ma rhétorique !
   Oui, tous rigolons.
Pour qu'en, etc.

HALBERT, d'Angers.

ETRENNES A MM. LES RIBOTTEURS.

Messieurs,

J'profitons du biau et nouviau temps pour z'avoir l'honneur de vous flanquer par la philosomie un plat d'not méquier, qui n'est pas bête, et dont j'nous flattons que votr' çarvelle, qui est inflammable comme une boîte d'allumettes chibrocotes allemandes, sera satisfaite comme sont les spiritueux cancans du prévôt des chicards, le sublime et supenoquantieux flamblard, chicodandar bravigrandissime Patarouf, trompette du carnaval, qui demeure au rez-chaussée d'un entre-ciel, à une maison sans devant ni derrière. Sa tendre épouse est une femme accomplie, naguère encore les hommes étaient amoureux d'elle comme les chiens des coups de bâtons ; c'est une grande petite personne de la hauteur de la botte d'un cipat, blanche comme une paire d'escarpins neufs, la tête faite en pain de sucre, les cheveux couleur queue d'bœuf, fins et doux comme un balai d'bouleau, le front carré comme un essuie-mains, les yeux à fleur de tête comme des noyaux d'c'rises dans un bocal, l'nez en pied d'marmite, les joues vermeilles comme une betterave, les lèvres rouges et petites comme les bords d'un chapeau d'Auvergnat , les dents comme des touches d'épinettes, ou mieux comme des clous de girofle enchâssés dans du pain d'épice, le menton comme un talon de botte, la peau douce comme un décrottoir, l'embonpoint comme une lentille dans un plat, les jam-en manche de vestes, les pieds en truelle de maçon, des grâces comme une tortue, la voix harmonieuse comme celle d'un corbeau, le caractère gracieux comme la porte d'une prison, en un mot de l'esprit comme tous les dindons de l'univers.

Quoi qu'il en soit, notre joyeux chicodandar bravi-grandissimo Patapouf, après avoir longtemps aspiré d'en posséder la main, vient enfin de se voir agréer par cette unique et surprenante beauté. En même temps que l'on célébrera dans tout l'univers la fête du grand saint Mardi-Gras, patron de la rigole, de la houspignolle et de toutes les femmes folles, nous célébrerons du même coup l'heureuse alliance du prévôt des chicards, trompette du carnaval.

Ainsi-soit-il (Dieu vous le rende)!

Lecteur, sur l'honneur, foi d'farceur, viveur, noceur, buveur, ripailleur et bon cœur, je suis vot'serviteur et vous saluerai si j'vous rencontre.

Le rédacteur en chef, FRICK-POULET.

Pour copie conforme : BOIS-SANS-SOIF,

Adjoints : LICHE-A-MORT, VENTRE-D'OSIER.

Secrétaire, PIQUE-ASSIETTE.

LES SOIRÉES DE LA HALLE.

L'APRÈS - SOUPER DE LA HALLE.

(RÉCITATIF POISSARD.)

Au sortir d'un souper, sur la fin du printemps,
Voulant nous amuser et passer notre temps,
Tous amis de la joie, enclins à la ribotte,
En tête un peu de vin qui rend toujours gaillard;
Ce qui nous fit tenir des propos égrillards.
Javotte en arrivant me fit mettre auprès d'elle.
Je lui dis des douceurs : « Tais-toi donc, l'aridelle;
« Quien, vois donc, ma commère, il est comme un cristal
« Il est tout transparent, avec son air fatal.
« Quoi, déjà m'agonir ! Est-ce la bonne envie
« Que j'ai de vous aider et payer de l'eau-d'vie ?
« Monsieur voudrait sans doute être payé par moi,
« De vouloir nous aider en écossant des pois.
« Ah ! pardonnez, l'excus' que je venons de faire ;
« Buvons plutôt du *chnic*, ça d'vient plus nécessaire. »
    Aussitôt j'envoyai chercher un broc de vin :
Pour elles chacun sait que c'est un jus divin.
Après quelques coups bus, Margot cherchant querelle
À qui cette liqueur montait à la cervelle,
Invective Fanchon avec les plus gros mots,
Tenant sur son mari les plus mauvais propos,
Lui disant qu'il n'était qu'une vieille masure.
Fanchon, piquée au vif, riposte avec injure :
« Il est bien plus luron que ton faraud manqué,
« Dit aussitôt Fanchon, d'autres l'ont reluqué.
« Ah ! t'en as ben menti, j'pouvons prouver le contraire,
Reprend alors Margot, se mettant en colère ;
« C'est bon pour ton mari, cet insigne goipeur,
« Qui sciffe chaque jour ainsi qu'un vrai sonneur. »

« Que de fois le vit-on à plat ventre à la nage
« Rouler dans son trop plein ? Aussi, suivant l'usage,
« Les gamins accourant d'un et d'autre côté,
« Ameutaient les passants. C'est propre, en vérité.
La sœur de ce faraud vint, jetant feu et flamme.
« Ah ! vile saleté, il faut que j'te mang' l'âme !
« Finis donc, la catau, tu ne le voudrais pas
« Qu'œil' s'en aille en enfer, attends donc mon trépas.
« Ce que j'disons est vrai sur l'compte de ton frère,
« Et je te poche un œil, si tu ne veux pas t'taire.
« Toi, tu me ferais taire, avec tes yeux cireux,
« Ton nez qui chez Richer(1) ne pourrait être mieux!
« Ce ne s'ra pas du vrai, car si je m'effarouche,
« C'est causé par l'odeur de ta puante bouche.
« A moi, puante, à moi ! tu nous baves dans l'œil,
« Que la peau d'Lucifer te serve de linceul,
« Va, qu'un tombereau de nuit te serve d'tabatière,
« N'ose pas te risquer trop tard à la barrière ;
« Car, malheur ! près de toi s'il passe un balayeur,
« Il te reconduira droit chez l'équarrisseur,
« Allons, hue! ah! cateau qui singe la bégueule,
« Si je prends mon sabot je te casse la...... *rime.* »
    Aussitôt je les vois toutes aux mains venir :
Perdant la patience et n'y pouvant tenir,
Je veux les séparer ne pouvant pas mieux faire.
Les coups et les horions deviennent mon salaire ;
Un revers de la main me fit trop bien sentir
Qu'il me manquait deux dents à mon grand déplaisir.
Me mettant à l'écart pour prendre ma revanche,
Je pris mon sotifier (2) de fête et de dimanche :
« Parle donc eh! Catau, ma foi tu le paieras,
« De ce soufflet donné tu te ressouviendras ;

(1) Richer, vidangeur, très-connu à Paris.
(2) Répertoire d'injures.

« Je veux te procurer un habit de vestale
« Pour une année au moins au temple de la gale (1);
« Ton odeur est semblable à ce char ambulant
« Que Domange inventa, ce fléau du passant;
« Dans plus d'un lieu secret tu pourrais être utile
« Pour faire aller de peur et dévoyer la bile.
« Ton regard seul suffit quand tu veux tout gâter ;
« Il faudrait de l'odeur pour pouvoir t'écouter !
« Tu te tairas peut-être, enfant de chœur de galère!
« Accours donc, la Fanchon, quien, vois-tu sa colère!
« Il va gagner un rhume, il est tout essoufflé.
« Reposez-vous un peu, car vous êtes gonflé ;
«N'parlez pas tant, monsieur, vous savez que ça l use.
«Il voudrait nous fair' peur, ou bien c'est qu'il s'amuse,
« Pas vrai donc, ma commère? on voit ça dans ses yeux,
« Dont l'un est en colère, et puis l'autre amoureux.
« Cela n'est pas de toi, tu n'en vaux pas la peine,
« Et je s'rais certain d'nen avoir pas l'étrenne.
« Eh bien ç'aurait été beaucoup d'honneur pour toi.
« Si j'ons donné mon cœur, c'est qu'il était à moi ;
« A l'âge de quinze ans j'en étions la maîtresse ;
« L'amour me séduisit et non pas la richesse ;
« Et si j'ons soutenu les brocards jusqu'au bout,
« Tu n'as plus rien à dire, le passé couvre tout :
«Et puis d'quoi qu'tu te mêles? est-ce qu'c'est ton affaire
« Puisque t'es vieux et laid, ça n't'est plus nécessaire.
« Visage de hibou, tête en papier mâché,
« Tu m'en..... bêtes! voici mon dernier mot lâché.
« Peste de Bacchanal, quel dévoiement de bouche
Enrage donc !... de toi pas un mot ne me touche ;
« Car dusses-tu beugler du matin jusqu'au soir ,
« Je te dirai toujours, Catau, va donc t'asseoir !
« Car ta vue en tous temps outrage la nature,

(3) Hôpital Saint-Louis.

« Moule à singe, plus loin emporte ta figure,
« De rubis de St-Roch (1) ton nez semble empesté,
« Sagouin mis au rebut, oiseau mal empâté :
« Quelque jour à Bondy, prends-le bien à la lettre,
«Mon vieux tu peux compter que j't'y voirai peut-être
« Ah! Cadet, finis donc, tu nous fais déjà peur ;
« Tu r'semble à Nicodème, avec ton air gouailleur.
« Tu sais que ton habit est sec comme allumette ;
« Ainsi ne prends pas feu, remets-toi la luette.
« Eh ! Catau, tais ton bec, as-tu le diable dans l' cou ;
« De voulour abîmer c't engendré de coucou? »
    Je voulus répliquer, il me fut impossible,
Je m'enfuis au plus vite. « Adieu donc, frèr' terrible,
« Je te remercierons quand tu r'viendras nous voir ;
Mais pour qu'à l'avenir tu fasses mieux ton devoir,
« Fais reguiser ta langu' sur la pierre infernale,
« Puis reviens te frotter, mon petit, à la halle :
« J'sommes pourtant pas fâché d'avoir cassé ta dent,
« Mais tu n'as pas un zeste à dire en t'la rendant. »
Moi, craignant à mon tour que Catau ne m'accable.
Je gagnai la Courtille en l'envoyant au diable :
Heureux d'être échappé de ce maudit pays.
Pour aller déjeuner j'appelai mes amis ;
J'avais bon appétit et grand besoin de boire,
Ce qui bannit mon mal bien loin de ma mémoire.

(1) Rubis de Saint-Roch. Grain de peste que l'on re-
présente sur les effigies de ce saint.

LE SIRE DE FRAMBOISY
Dans un bal de Paris,

Odyssée carnavalesque en forme de pot-pourri, sur les airs les plus nouveaux.

Balochard.

Oh ! eh ! sans retard, les piffards, les chicards, les flambards, les titis, les fifis, viveurs, farceurs, noceurs, goipeurs, licheurs, bahuteurs, oh ! eh ! prrrrrrout.

Air *du sire de Framboisy.*

Tretous, les autres, accourez donc ici : *(bis)*
Foi d' Balochard, v'là z'un coco choisi. *(bis)*
Quelle binette ! Ah ! vrai, j'en suis saisi. *(bis)*
Pour Don Quichotte, on le prendrait quasi ; *(bis)*
Plumet, flamberge, est-il donc chouett' ainsi. *(bis)*

Les masques en chœur.

Nous allons rire ; c'est l' sire d' Framboisy ; *(bis)*
Il vient pour voir si sa femme est ici. *(bis)*

Chicard.

Salut, beau sire ! A votre aspect transi, *(bis)*
Je vois qu'hélas ! vous avez du souci. *(bis)*

Framboisy.

J'avais pris femme jeune, belle, et voici *(bis)*
Qu'ell' m' laisse en plan, comprenez-vous ceci ? *(bis)*
Depuis bientôt trois jours et quatre nuits, *(bis)*
J'la cherche en vain dans tous les coins d'Paris. *(bis)*

Chicard.

Je comprends, sire, que i' tour est impoli, *(bis)*
Mais, convenez qu' vous n'êtes pas joli ; *(bis)*

Si votre dame vous a lâché d'un pli, (*bis*)
Vot' conjungo, mon cher, est démoli ; (*bis*)
Quittez ces lieux, vieux meuble mal-bâti, (*bis*)
Ou bien changez ce visage abêti. (*bis*)

Les masques en chœur.

Que vient donc faire ici ce canari? (*bis*)

Chicard.

Chercher sa femme, hélas! pauvre mari, (*bis*)
Tout bêtement, il s'en croyait chéri, (*bis*)
Et la gaillarde filant comme un cabri (*bis*)
Est loin, sans doute, il en est tout marri. (*bis*)

Un Titi.

Oh! eh! c'te balle, ta dame, mon petit, (*bis*)
S' trouvait par trop à l'étroit dans ton nid, (*bis*)
Pour richonner, elle a fait ce délit;
J' t' la renverrai, si j' la trouv' dans mon lit. (*bis*)

Framboisy, *aux masques.*

Mais, c'est infâme! vous êtes des mal-polis. (*bis*)

Chicard (*faisant un pied d' nez*).

V'là l' numéro d' ta belle.

Tous en chœur.

A la chianlit! (*bis*)
A la chianlit! bonhomme, à la chianlit! (*bis*)

Le docteur Isambart.

AIR *connu.*

Ah! n'est-ce pas là Framboisy?
(*Tous.*) Si, si, si, si, si, si, si, si, si, si,
(*Le docteur.*) Il a l' piton tout cramoisi.
(*Tous.*) Zi, zi, zi, zi, zi, zi, zi, zi, zi, zi,

loëteur.) Moi, je devine à son aspect,
ba da boum, ba da boum, ba da boum,
Qu' ça moitié lui brûla l' respect.
(*Tous.*) Ah ! ah ! ah ! ah !

Polichinelle (*entre en dansant*).

AIR : *Pan, pan, qu'est-ce qu'est là ?*

Dites-moi, les amis,
Connaissez-vous la nouvelle ?
Pour retrouver sa belle,
Un vieux bouc parcourt Paris,
Pour polker, pour valser,
Là ! ce soir, je vous l'amène.
D'puis hier, j' la promène,
Qui d' vous l'invite à danser ?

Mᵐᵉ de Framboisy.

AIR : *Oh! eh! les p'tits agneaux !*

J' suis madam' Framboisy,
Ancienne lorette,
Pour lâcher un lazzi,
Je passais pour chouette.
Mon crétin d'époux
Voulait m' traiter comme un' pimbêche.
Oui, mais zut ! pas mêche,
Je l'ai planté là ! vertuchoux !
Faisons donc les cent coups,
Pierrots et pierrettes ;
C'est la fête des fous
Et des pirouettes.
Vive l' bacchanal !
Du carnaval,
Chantons la gloire.
Pour bien rire et boire,
Vive l' carnaval !

Framboisy (*avec feu*).

Corbleu ! madame, je vous retrouve enfin ! (*bis*)

Mme de Framboisy.

Et que m'importe ! vous êtes un vieux s'rin. (*bis*)

Framboisy.

Dans mon domaine, vous rentrerez demain, (*bis*)
Et ça sera de vos farces la fin. (*bis*)

Mme de Framboisy (*aux masques qui l'entourent*).

AIR *de la rifla.*

Paillasses et titis,
Débardeurs et fifis,
Rangez-vous sur mes pas,
Pour fêter mardi-gras.
La rifla,   } *bis.*
Fla, fla,   }
La rifla, fla, fla. (*bis*)

Tous en chœur.

AIR *des Folichons.*

En avant, vive la folie !
Rigolons,
Folichons.
Puisque la gaité nous rallie ;
Gai, gai, gaî, richonnons.
(Balochard)— Enfants donnons un libre cours
A toutes pensées folles,
Aux danses, aux ris, aux amours.
Enlevons les bricoles ;
En place, les danseurs,
Noceurs, viveurs, farceurs.
Alerte ! jeunes filles,
Accourez aux quadrilles.
(Chœur du refrain.)

Monsieur Carême.

Air *du docteur Grégoire.*

Rengainez la joie,
Par une autre voie,
Ah ! que chacun de vous passe.
De tous vos galas,
Vos bruyants ébats.
Oui, ma patience est lasse.
Je vais régner, moi !
Il me faut respecter quand même.
Tous, suivez ma loi.
Je me nomme monsieur Carême.
(*Refrain.*) Mardi-gras, roi de la bombance,
Va, crois-moi, serre-toi la panse ;
Car voici mon ordonnance :

(Récitatif *débité d'un ton magistral.*)

Moi, Jacques Maigret *Carême*, empereur du jeûne, roi d'abstinence, prince des mers, rivières, fleuves et étangs poissonneux, archiduc des court's bouillons, duc des saumons et des truites, baron des jours maigres, vicomte des quatre - temps , comte des sardines, marquis des compotes, seigneur des collations, protecteur des légumes, etc.,

A tous ceux qui ces présentes verront, salut :

Savoir faisons, qu'ayant été informé que plusieurs partisans de notre éternel ennemi Carnaval, malgré les ordonnances que nous donnons tous les ans, entretenaient toujours commerce avec cet ennemi de nos droits et dignités, *ce qui* nous a porté *de l'avis de notre chère et* honorée épouse, *la Diète,* d'y remédier :

A ces causes et autres, désirant mettre les ordres nécessaires, nous avons banni et bannissons de notre empire, à compter du jour daté des présentes, les sousnommés :

Antoine le Bœuf, Robert le Veau, Blaise le Mouton, Jacques Aloyau, Boniface l'Agneau, Claude Dindon, Georges Chapon, Alexis Poulet, Anne la Caille, Roch Cochon, Hubert Sanglier, Simon Pâté, Marguerite Fricassée, Fiacre Boudin, Joseph l'Andouille, Isabeau Perdrix, Jean Lapin, Gilles Lelièvre, Nicolas Gigot, etc., etc.

Auxquels enjoignons de se retirer pendant le temps de quarante jours dans les cantons de Mardigras, sauf à *être* rappelés avant le dimanche de Pâques par notre mie-*Carême*; mandons à nos amis et féaux intendants, le marquis de Beurre frais, le baron de Beurre fondu, le vicomte de Beurre salé, de tenir la main à l'exécution des présentes, et de les faire lire, afficher et publier partout où besoin sera.

Donné *au château* de la Purée, le jour du mercredi des Cendres.

Signé Carême; et plus bas, par monseigneur de Triste-Chère, *secrétaire;* collationné et enregistré : Patience, *syndic;* Mortification, *adjoint.*

Framboisy.

Corbleu ! madame, que faites-vous ici ? (*bis.*)

Mᵐᵉ de Framboisy.

J' danse la polka avec tous mes amis (*bis*).

Tous les autres personnages continuent en son entier la légende burlesque que tout le monde connaît ; puis, la troupe rieuse se sépare en chantant ce couplet :

Mettons un crêpe à nos chapeaux :
Ils sont passés, ces jours si beaux ;
L'an prochain les ramènera.
Alleluia !

A. HALBERT (d'Angers).

LE PANIER DE MAQUEREAUX DISPUTÉ,

DIALOGUE POISSARD.

Margot, la Blonde, deux jeunes gens.

MARGOT. — Eh ! la Blonde ! Eh ! c'est à toi, au moins, c' panier de maquereaux gâtés ; en vérité d' Dieu, j'en sommes fâchée pour toi.

LA BLONDE. — Qu'appel'-tu à moi ? N' t'en fâche pas tant, tu l' prendras pour ton compte, car j' voulons avoir le plus meilleur.

MARGOT. — A moi ! Non pas que je sache : j' l'aurons à nous seule ou cent diables me barlificotent les côtes. On voit ben que tu veux t' mettre à la mode, car tu veux faire faire un marché à la grecque.

LA BLONDE. — Mais j' crois qu'elle a bu un coup d' trop aujourd'hui.

MARGOT. — A moi saoule, à moi ! c'est bon pour toi, égarée ! Tiens donc, pour avoir bu un d'mis-quié d' cric ce matin, avec ma commère d' Dieu, all' dit que j' sommes saoule. Vois donc c'te laide, avec son visage sans viande, desséchée à l'hôpital.

LA BLONDE. — T'as encore une belle nature pour parler d' z'autres ! Est-ce parce j' nons pas autant d'enfants d' chœur que toi ? ou, comm' dit mon cousin Gugusse, de ragoût d' poitrine su' l'estomac. J'ons la place plus blanche que toi, qu'a la peau couleur d'escarpins d'Auvergnat, va, chiffon !

MARGOT. — Chiffon toi-même. Va, j' sommes grosse et grasse au naturel.

LA BLONDE. — Eh ben ! faut-il mal me conduire comme toi, pour être grasse ? Est-ce parce que t'as le visage potelé comme l' derrière d'un cheval do brasseur ? T'es ben heureuse d'avoir mal aux dents pour faire deux mentons, et toute ta grosse poitraille qu'a l'air d'un' enseigne d' charcutier ; malgré not' défiguration, j'ons toujours été la coqu'luche des beaux hommes.

MARGOT. — De dequoi ? Est-ce que t'aurais l'envie de parler d' not' homme, lui qu'est moulé, comm' on dit, en vrai Napoléon du reverbère ? (1) S'il était là, il f'rait taire ton vilain bec, et tu voirais beau voir.

LA BLONDE. — Qu'est-ce que j' voirions ? toujours rien ; on s' fiche d' lui... Que j' prenions not' panier, en attendant.

MARGOT. — Un chien ! T'auras un diable qui te r'tourne. Prends l' mauvais : il est à toi.

LA BLONDE. — Quien chienne d' Rebecca ! si je m'ots sur ta carcasse envelimée, j' te sacrifie. Tu sais que je n' suis pas trop bonne.

MARGOT. — Finissez donc, mam'selle Moutonne; et ne t'échauffe pas comme ça, la Blonde, ça fait gagner mal à la rate.

LA BLONDE. — C'est comme ça chez toi, madame trop pleine. Va, va, quand t'auras l' boyau vide, j' te parlerons.

MARGOT. — T'as la voix bien forte aujourd'hui, c'est parce que tes yeux de feu ont échauffé ta tête, Marie, queue d' bœufs.

LA BLONDE. — Oui, grosse bête. Tu dois ben parler d' z'autres, avec tes yeux pas plus grands que l' derrière d'une mouche à miel, qui n' pleure que d' la cire.

MARGOT. — Ah ! voyez-vous c'te belle petite

(1) Apollon du Belvéder.

grande bouche, qui voudrait manger ses oreilles ? All' pourrait ben servir d' réservoir à médecine, les deux lèvres serviraient de bourrelets. Allons, allons, m'envoye plus d'écume dans l' nez, car tu m'empoisonnes ; tu sens l' moisi comme une vieille plante.

LA BLONDE. — Apporte donc du vinaigre à c'te dame ; elle va se trouver mal ; pauv'e biche ! ça s'rait bien malheureux d' perdre un pareil bijou.

MARGOT. — Dis donc : plus bijou qu' toi s'entend, j' n'avons rien à nous r'procher d'ssus la conscience ; tu n'en dirais pas autant, toi, la pimbêche manquée.

LA BLONDE. — Non, tu n'te rappelles donc pius ton noviciat d' Saint-Lazare. Ah ! c'te balle ! avec ça que tu n'es pas comme l'encre de M. Guyot ? *de la p'tite vertu.* Connue, connue.

MARGOT. — A moi ? jamais l' cuisinier l'Oursine ne m'a taillé d' portion, joli oignon pelé ; tu n' sens pas l'hôpital : non c'est que j' tousse.

LA BLONDE. — Finis donc : t'es toute boursoufflée ; tu n'en peux plus ; t'as la vue égarée ; quand t'es comme ça, tu n'es guère tentante ; en vain, tu fais la précieuse, on voit bien que tu n'es qu'une gueuse.

MARGOT. — Apprends que j' sommes honnête femme ; qu'il n'y a pas un cheveu à ôter de ma tête, et que j'nons fait tort d'un yard à personne : c'est ton mite, tu n'en peux pas dire autant.

LA BLONDE. — A moi capable ; j' te le prouveraî quand tu voudras, ça n' pèse pas une once. Comme t'es toute essoufflée, à force de pialler ! mais si j' n'avons pas d' bec, en guise de ça, j'ons des poings, avec quoi j'te bouch'rons une fenêtre du visage.

MARGOT. Et moi j' te cass'rai la vit'e de l'œil,

sainte larronnesse, qui voudrait m'esbignonner ma pauv' marchandise. (Elles se battent en continuant à se dire toujours des injures ; arrivent en cet instant deux jeunes gens qui s'amusent à aller la nuit quelquefois à la halle, pour se disputer de paroles avec ces femmes, à qui néanmoins ils paient de l'eau-de-vie.)

MARGOT. — En as-tu assez? et tu n'auras pas encore le panier pour cela.

LA BLONDE. — J' m'en fiche; j'ons acheté des cornettes, et je r'commencerons à nous r'frotter quand tu l' voudras.

LE JEUNE HOMME. — Eh ! mes amies, que diable avez-vous pour vous battre ainsi?

MARGOT. — Qu'est-ce que tu demandes, toi? Est-ce que ça t' regarde, grigou mal empaillé?

LA BLONDE. — Casse-l'y donc ton sabot sur la frime à c' monsieur : d' quoi qu'i s' mêle?

L'AUTRE JEUNE HOMME. — Nous venons pour vous tenir compagnie une partie de la nuit, et vous vous fâchez déjà. Quel est donc le sujet de votre dispute ?

MARGOT. — Tiens, mon enfant, all' veut dire que c' pagnier d' maquereaux-là, qu'est bon, est à elle : est-ce que j'ons tort?

LA BLONDE. — En vérité d' Dieu, il est aussi à moi, ou j'abîme...

LA RIOLE. — Vous l'avez peut-être acheté ensemble?

LA BLONDE. — A parat; mais all' veut l'avoir à elle seule.

MARGOT. — Ah ! t'en as menti ! la Blonde, c'est toi qui veux m' donner l' mauvais en guise du bon.

L'ENFLÉ. — Eh bien ! vendez les deux paniers et partagez ensemble le profit et la perte.

Margot. — V'là qu'est parlé, ça, la Blonde.

La Blonde. — J'nons pas mieux d'mandé. Allons, v'là qu'est fini, je l' voulons bien; sans rancune, Margot.

Margot. — Eh! que ne l' disais-tu? Tout ça m'a altérée comme un chien d' chasse. J'aurions besoin avant d' nous mettre à écosser des pois, de boire chacun un p'tit article d' foi cheux l'épicier du coin; mais v'là de bons lurons qui vont nous régaler d' coco, n'est-ce pas?

La Blonde. — N'est-ce pas vous qu'êtes venus l'autre jour passer la nuit avec nous?

Margot. — Eh! à parat; quien, c'est **M.** l'Enflé et **M.** la Riole, que j'ons baptisés comm' ça.

La Blonde. — Ça nous met du baume dans l' sang quand j' vous voyons, et je m' souviens que l'Enflé était mon parsonnier, ainsi j' voulons qu'il le soit encore aujourd'hui...

Margot. — Ça m' donne la joie au cœur, et je r'prenons la Riole pour le mien; t'es ben gentil, mais t'as l'air triste, cependant.

La Riole. — Tiens, n' m'agonis pas d' compliment, car j' suis dans mon humeur maussade, j'ai un caractère massacrant.

Margot. — J' voulons rire, nous; et va-t-en au fichar, si tu n' veux nous aider à écosser quequ's pois.

La Riole. — Nous l' voulons bien, mais comment nous paieras-tu?

La Blonde. — Ah! mais vraiment, monsieur Lustucru, c'est avec l' paf que tu nous paieras toi-même. Tu sais trop bien la mode, j' voulons pas en changer.

L'Enflé. — J'y consens, à condition que tu nous chanteras quelque chose. Tiens, va-t-en chercher un poisson d'eau-de-vie.

Lɪ Blonde. — Un poisson! et hu! Quien, v'là
not' première chanson, acoute :

Air du Sir de Framboisy.

Apportez pinte, nos amis sont ici ; (*bis*)
Car ça m'éreinte quand tu jarles ainsi. (*bis*)
Apportez pinte, nous sommes quatre ici, (*bis*)
Alors sans feinte nous serons bons amis. (*bis*)

Margot. — De cett'chaleur ici, on a un'soif du
diable qui nous étrangle, men parsonnier.

La Riole. — Qu'il t'emporte et t'étouffe !

Margot. — Mais qu'est-ce que tu fais si loin ? t'es
là comme un perroquet du Maus ; gazouille donc
un peu, et donn'nous des zœillades, tu n'dis rien,
tu n'as pas pu d'chose qu'un enfant ; secoue-toi donc
un brin, approche d'men côté.

La Riole. — Tiens, j'te ferai la cour comme je
pourrai ; commence par attendrir mon cœur, car il
est dur comme une pierre.

Margot. — Chien, tu l'as donc bien dur ? Lichons, ça vaudra mieux ; ous'qu'est ton verre?

L'Enflé. — Mais c'est assez boire ; chante donc
quelque chose, à présent.

La Blonde. — Si t'étais marié, j't'en chanterions
une.

L'Enflé. — Suppose-le, et voyons-la.

La Blonde. — Quien, v'là :

Air connu.

Sens dessus dessous
    Roulons tous
    Sur l'herbette,
        Feuillette et fillette,
D'yeux et de vin doux
Gavons-nous

La Riole. — Va te promener, avec tes chansons ; donne-nous-en de plus rieuses.

Margot. — Oh ! dam', nous autres nous chantons à n'ot' magnière, je n'tirons pas ça à quatre épingles : voyons, n'te fâche pas, embrasse-moi, gros mauvais sujet.

La Riole. — Je le veux bien, parce que je n'ai rien à gâter, pourvu que ce ne soit que sur les joues.

Margot. — T'es ben délicat, avec la perruque à four, monsieur est si bel homme il grandis encore, v'la la tête qui passe les ch'veux ; allons, n'nous patine pas tant, j'sommes comme les chats, ça m'frai maigrir ; cependant j'l'aime, avec ta mine revenante.

La Riole. — Comment, revenante, est-ce que tu m'prends pour un spectre ?

Margot. — J'connaissons pas c'tanimal-là, mais si j'croyons aux r'venants, c'est parce que j'vous croyons trop ben en vie pour que cela soit.

La Riole. — Ne vois-tu pas bien mon enseigne déployée (en montrant son nez), on dit que c'est un signe de longue vie.

Margot. — Taisez-vous, p'tit hâbleur, c'est pas d'la santé ça, c'est du pivois ; t'as pas l'nez rouge d'sucer la corde à puits, aussi ton visage ressemble à une affiche de comédie qui annonce : *les Dehors trompeurs.*

L'Enflé. — Comme tu nous dégoises tout ça ! eh bien, je t'en aime davantage, et je suis si amoureux de toi, que je n'voudrais pas te changer pour quatre sous.

La Blonde. — Chien, qu'entendez-vous par ces paroles ? t'étouffe de compliments : tais plutôt ton bec.

LA RIOLE. — L'Enflé, veux-tu changer de personnière ? tu me donneras quelque chose de retour, car la mienne a toute ses dents.

MARGOT. — Est-ce que tu nous prends pour d'autres ? dirait-on pas que j'sommes en location ? Va-t'en, grand cri-cri, vilain fané, peu s'en faut qu'tu n'sois transparent ; car si t'avais un' chandelle dans l'corps, tu s'rais comme un' lanterne.

LA BLONDE. — Allons, zut ! va-t'en d'à côté de d'moi ; regarde donc, Margot, c'pauvr' chat comme il fait gros dos !

MARGOT. — Le gros dos ! il faut donc qu' j'ai la berlue ; car je l'vois aussi plat derrière que d'vant.

L'ENFLÉ. — Vous avez bien du caprice, mam'zelle la Blonde.

LA BLONDE. — Que veux-tu, c'est mon ordinaire d'être lunatique ; quien, tu sens la chair morte, donne-moi une prise de tabac auparavant.

L'ENFLÉ. — (D'un ton gouailleur.) :

J'ai du bon tabac dans ma tabatière,
J'ai du bon tabac, tu n'en auras pas.
J'en ai du frai et du râpé,
Mais ça n'est pas pour ton chien de nez, etc.

LA BLONDE. — Va t'faire voir alors, garde-le ton tabac. Allons, la Riole, viens à côté d'moi, mais n'me dis pas des sottises comme t'as dis à Margot ; car, quien, vois-tu, j't'arracherais les deux yeux d'la tête.

LA RIOLE. — Si je soupçonnais que tu pensasses ainsi, mon épée te servirait de broche.

LA BLONDE. — Queu mauvais gueux, comme tu fais l'tapageur. Est-ce une lame plate que vous avez ? elle est bonne, n'est-ce pas ? n'nous fais donc pas peur. Comme il est genti ! mais t'es à l'agonie ; n't'avise pas d'bâiller, car ton âme passerait sans nous dire adieu. Va, sois sûr que tant qu'tu parleras comme ça, tu n'entreras jamais dans l'génie.

MARGOT. — N't'avise pas, la Blonde, de faire assaut avec lui, car on dit qu'il vous sait tirer, et qu'il est maître en fait d'âmes. Ah ! quien, la Blonde, v'la Jérôme qui vient t'prier d'sa noce avec Catau ; l'vois-tu, là-bas, qui fait son p'tit tour ? Quand ou parle du loup, comme dit c't'autre.

LA BLONDE. — Tout d'bon, est-ce que c'est pour aujourd'hui ? J'en suis bien aise. Bonjour, Jérôme ; où irons-je faire c'te noce ?

JÉRÔME. — Eh bien, milzieux, allons-je partir bientôt ? Ces messieurs ne sont pas d'trop ; plus j'serons d'fous, plus j'rirons. Comme t'as lair changé, Margot !

MARGOT. — Comm' j'savions que j'étions d'ta noce, je nous sommes peignées nous deux la Blonde auparavant.

L'ENFLÉ. — Voulez-vous boire un petit verre, monsieur Jérôme ?

JÉRÔME. — Ben de l'honneur pour nous, messieurs ; mais ça n'est pas de refus.

LA BLONDE. — Eh ben, Jérôme ! es-tu revenu de cette erreur qu'on voulait te couler en douceur, dans l'endroit de l'honneur de Catau, à l'occasion de l'autre qui lui bavait dans l'œil pendant la conversation ?

JÉRÔME. — Eh ! c'était d'moi qu'on a toujours voulu parler, et M. l'curé nous a arrangé tout ça en conscience, malgré le p'tit scrupule qui nous est venu sur le compte de Catau, que j'avons couvert par not' mariage, et tous les cancaneux ont à présent le bec cloué. Quien, vois-tu, n'parlons plus de ça, buvons t'un coup plutôt, ça vaudra mieux.

MARGOT. — Mais, dis-moi auparavant comment as-tu connu Catau ?

JÉRÔME. — Tu sais qu'elle a quitté les allumettes pour vendre des mottes. Il y a queuqu's jours que j'la rencontris qui en avait encore un reste : ce jour-là il étais tard, j'n'avions rien fait d'la journée ; alle avait z'eu du bonheur, all' me demande si j'veux lui en donner à moiquié d'gain. Moi, sans barguiner, comme j'l'y connaissions d'la grecqu'rie, j'faisons nos conventions : all' prend l'devant, la chance l'y tourne, comme si elle avait joué au bâtonnet avec moi ; la corniche l'y tombe dans l'œil, chacun en achète, et au bout d'un moment all' revient vide. Là-dessus j'buvons ensemble ; le petit Cupidon qui s'était, comm' dit c't'autre *niché dans not misquier*, nous gargouille dans l'cœur, j'nous donnons parc'e, j'rlichons encore un coup par là-dessus, et j'nous marions aujourd'hui : tout ça est bien simple ; y a déjà pus d'trois mois d'ça.

LA BLONDE. — Tant d'temps qu'ça ! excusez du peu.

L'ENFLÉ. — Je suis charmé de vous voir tous d'accord ; je vous souhaite ben du plaisir et nous allons nous quitter.

LA BLONDE. — Qu'est-ce donc qui vous presse si fort, et où allez-vous si matin tous deux ?

LA RIOLE. — Rendez-lui donc des comptes. Veux-tu venir avec nous ? nous allons faire un tour aux Thuileries.

MARGOT. — Taisez-vous donc, j's'rions plus sûres de vous trouver à la place Maub.; mais de quoi qu'tu nous donn'ras à déjeûner ?

L'ENFLÉ. — Nous te régalerons d'une prise de chocolat.

LA BLONDE. — Pourquoi donc faire ? j'n'aimons

pas l'chose à Colas; ainsi, n'nous ûche pas tant la gouaille, car tu n'en as pas l'étrenne.

L'Enflé. — Adieu donc, les belles.

La Riole. — Bonjour, jusqu'au revoir.

Margot. — Comme il s'enfuit ! Faut-il qu'il ait volé queuequ' rôtisseur, car il cache un dindon sous son habit.

La Blonde. — N'vois-tu pas ben qu'il va à quelque gueul'ton où chacun porte son plat.

Margot. — Parlez donc, monsieur la Vergette, n'allez pas tant housser vot' beure aujourd'hui, car vous tomberiez en poussière.

La Blonde. — Adieu donc, monsieur *très-légé*. Prends garde au vent, il va envoler ta perruque. Ah! Margot, vois donc sa tête, on dirait chef de sain Jean dessus un plat.

Margot. — Eh ! vois donc sa jambe ! il l'a faite comme celle d'un chien. On voit bien qu'il a tiré ses bas trop fort c'matin, car il en a caché l'mollet.

La Blonde. — Parl' donc, hé ! l'Enflé, si la succession d'ton père n'a pas laissé d'autre magot qu'toi, tu n'dois pas être ben riche.

Jérôme. — Voulez-vous votre reste? Ils sont engendrés d'une brouette; les jambes à c'monsieur c'est deux parements d'cotterét.

Margot, —Tu f'ras bien de n't'y pas jouer, gringalet d'malheur, j'n'ai plus de feu dans ma chauffrette.

Jérôme.— Des bons ? s'ils sont tapageux, j'sommes baccharmleux, j'nous serions travaillés d'la bonne manière, mil'zieux, dans un chausson ! Quien, vois-tu ces poings, ils n'sont pas d'paille quand j'sommes seuls, j'veux être un chien, à coup d'pieds, à coups d'poings j'battrais tout le monde.

LA BLONDE. — Finissez donc, mauvais, crainte qu'on n'vous fasse voir quinze vingts retournés.

MARGOT.—Allons, v'la qu'est ben. Parlons à présent d'not' noce ; ou c'que j'irons la faire ? à la *Cartouche*, pas vrai , Jérôme ?

LA BLONDE.—Allons, tais-toi ; Catau aime mieux la cell' des 2 Moulins.

JÉRÔME. — All' a raison ; j'irons chez la mère Marie manger d'la galette.

MARGOT. — Ah ! la Blonde, pendant qu' j'y pensons, as-tu encore d'la salade dans ta hotte ?

LA BLONDE. — Oui, y en a encore un peu dans l'cu qu' j'emportons.

MARGOT. — Eh ! l'panier d'maqu'reaux gâtés, j'n'aurons qu'à l'emporter aussi. J'les f'rons passer pour bons. Quien, je m'souviens d'avoir encore du beurre pour les fricasser : ah ! oui, l'v'là, je l'sens.

LA BLONDE. — Y a-t-il longtemps qu'tu l'as ?

MARGOT. — Y gnia pas huit jours.

LA BLONDE. — Chien ! il est bien fort pour son âge. Jérôme, as-tu d'la sinfronie ? car il en faut pour un' noce.

JÉRÔME.—N't'inquiète de rien, c'est mon affaire et j'prendrons un' marmotte.

MARGOT. — Partons de c'pas, étant partis nous v'là z'allés (en chantant) :

Courons à la guinguette,
Car le bonheur est là.
Mettons-nous en goguette,
Chacun son goût, voilà. (*bis*)

Le Sort du Mardi-Gras.

Air *des Louis-d'Or* (P. Dupont).
— *de Fleur des Champs* (L. Pujet).
— *de n'effeuillez pas les Marguerites.*

Cœurs vertueux, âmes sensibles,
Vous qui ne songez qu'aux bienfaits,
Vous croyez des maux impossibles,
Vous doutez de quelques forfaits …
Oui, vous détestez l'homicide,
Vous le voyez avec horreur.
Que direz-vous ? un parricide
De Mardi-Gras perce le cœur.

Refrain.
> Pour voiler la gaîté de crêpes,
> Le carême arrive à grands pas.
> Mais nous allons faire des crêpes,
> Ah ! Mardi-Gras ne t'en va pas.

Ce père aux sentiments bien tendres
Mérite, hélas ! un autre sort.
Son fils, le mercredi des cendres,
A table lui donnne la mort.
Il bouleverse ses lèchefrites,
Sa broche, ses plats, et pourtant
Ne nous offre que pommes cuites
Pendant quarante jours durant.

Pour voiler, etc.

Allons, rigolots, rigolettes,
Saisissez l'heure du plaisir,
Videz vos brocs et vos assiettes,
Du carnaval sachez jouir

C'est le beau temps de la folie.
Au rire donnez libre cours,
Car ces doux instants de la vie
Passent rapidement toujours.

Pour voiler la gaîté de crêpes,
Le carême arrive à grands pas.
Mangeons les beignets et les crêpes,
Puis qu'on enterre Mardi-Gras.

LE PICARD A PARIS.

(Histoire de carnaval.)

Il est urgent à quiconque prend un costume de caractère d'en connaître la danse, telle la *Sabotière* pour un polichinelle, l'*Anglaise* ou le menuet pour tout costume de milord, la *bourree* pour un Auvergnat, la *soule* pour le type breton ; il en est de même des accents, patois ou baragoin de tel ou tel contrée dont on aura l'intention de prendre le costume national. Nous avons donc rassemblé dans ce livre des exemples pour faciliter nos lecteurs à produire illusion avec un peu d'étude, avant d'endosser le costume choisi par eux, pour conduire l'intrigue au bal masqué. Voici d'abord le patois picard :

In' faut jamais s'vanter d'enne beile journée, d'vant qu'elle soit passée : c'est bé l'cas dé l'dire. Louis Chose, s'a n'fois mis in tiette dé parti pou Paris, pou s'percher tout-outte dins s'é métier d'cordonnier:

« Quand j'erveirai, au d'bout d'in an, dix-huit
« mois, qu'i disoit in li-même, on parléra d'mi
« comme de l'étoile à queue ; j'serai café comme in
« Saint-George ; j'toucherai m'français comme dé
« jusse, et jé m'ferai enne paire dé bottes qu'iront

« aux oiseaux, au pus collantes au mieux, quand
« elles dévriont m'fair pousser chinq cors aux
« pieds à chaque artoile. Parqué l'heure d'aujour-
« d'hui, a c' qu'i parait, i n'a pus d'hure à frire pou
« in ourvier qui veut s'établi, si non d' daller in
« petit temps à Paris. »

Ainsi, lé v'la parti pou Paris. In arrivant, i trouve
d'elée li dins l'cour dès messageries Laffitte, in par-
ticuyer qui viet l'accoster tout d'suite in l'appelant
mon cousin, pus haut qué ni bras, et qui s'informe
dé s'santé, et dé l'sienne, dé s'mère, et dé l'sienne,
dé s'ma sœur, enfin ci, enfin là, enfin toutes sortes
dé complumcnts qu'Louis Chose n'savoi nié s'in ra-
voir ; et l'pus bieau du jeu, c'est que l'autre li dit
qu'il espère bien qu'il n'ira pas loger à l'oberge,
qu'il a un bon souper qui l'attend et un bon lit à
s'maison ; et in atteindant qu'i va li payer in rafrat-
chissement au café *Saint-Pélourd*.

« Non dé nom ! tt'i Louis in li-même tout in che-
« min fesant, comme on est honnête à Paris avé l'
« z'étrangers ! J'ai queiquefois intiadu parier de
« l'civilité française, mais à c' qui parait qu'on avoi
« raison dé l'louanger tout d'même ! là un d'mes
« cousins qu' jé n'connais pas du tout, puisqu'on
« n' m'in a jamais desserré les deints à no maison,
« i m'erconnait tout d'suite sans m'avoir jamais vu
« et i veut absolumint qué j'prenne ni logemint à
« s'maison, et i m'paie co à boire in atteindant !
« Oh ! ça ira bé, j'vois ça luire ! »

Tout in dicant ça, il arrive aré l'*cousse* au café
Saint-Pélourd.

On s'installe, on boit n'bouteille, on in boit deux,
on in boit quatte... à l'chinquième, l'cousin qu'avoi
tou di, tout qu'comminmé, l'boisson été l'chicaille,
s'erloive soi-disant pou aller ch' qu'à l'cour ; l'aute

l'atteind in quart-d'heure, enne demi-heure, enne heure ; pus d'coucin ! j'crois qué l'gas atteindrot co après li, si i n'li avoi nié venu enne bonne idée de d'min'ler à l'fême dé l'maison.

« — Dites un peu, la bourgeoise, et m'cousin, ous' qu'il est?

« —Ton cousin ! si tu l'attends pour aller coucher, tu l'attendras longtemps.

« — Dé quoi? bé, c'est lui qui régale, il a dit qu'il allait ch' qu'à la cour, qu'il allait r'venir pou faire l'compte.

« — Eh bien ! sois sûr, mon ami, qu'il est tout revenu, et qu'en payant le compte, tu en seras quitte.

« — Bé, i n'est pas possible.

« —C'est aussi possible que je te l'dis. Tu m'fais l'effet d'un nouveau débarqué, mon garçon ; mais retiens bien cette première leçon-ci : c'est ce qui s'appelle *un tour de Paris* ça, l'ami !

« — Ah! c' t'in tour ed Paris ! il est bieau tout d'même. Ebé acoutez, bourgeoise, puisqué j'sus attrappé d'enne pareille manière, j'boirai in verre ed consolation ; allez core chercher n'bouteille, vu qu'i m'faut tout payer, autant eunne ed plus qu'—eunne ed moins.

« —Volontiers, tt'ette el' gayaerde in riant d'zous s'nez. Elle déquind à s'cave, mais quand elle a ieue été approchant in bas d'z' escayers, Louis Chose saute su l'porte dé l'cave, subtil comme in çat, i fait habie l'verrò, et in infrume d' particulière, elle ermonte, in moment après ; elle bûche, elle bûche tant qu'elle sait :

« — Que faites-vous donc, farceur que vous êtes? ouvrez la porte donc !

« — Ouais, ouais ! on vos l'chauffera : vos avez
dit tt'à l'heure qué c'étoi *in tour ed Paris*, né pas :
ébé c'ti là in tour dé m'i pays, t'nez ! à revoir Chose.

COSTUME D'HUISSIER OU AUTRE HOMME DE LOI.

Déclaration d'amour à une demoiselle,

VERBALE OU ÉCRITE (1).

Mademoiselle,

Je cherche en vain la *signification* de votre mis-
sive (2), je n'en puis comprendre le *libellé*. Je *pro-
teste* que tout est fini entre nous, et dussiez-vous me
taxer d'inconstance, je ne souffrirai à mes projets
actuels aucun genre d'*opposition*.

Je vous ai accordé *vingt-cinq* jours pour faire un
nouvel heureux ; ce *délai* (qui n'était point trop
bref) étant expiré, je vous *mande* la *confirmation* de
ma volonté ; elle est *définitive* et sans *appel*. Vous
aurez beau me donner de nouveaux rendez-vous, je
ne me rendrai pas à vos *assignations*. Toute tenta-
tive de cette *espèce* décélerait un *défaut* de *jugement*
et vous seriez *déboutée* de vos prétentions *indues*. Je
brave vos reproches, car je n'ai point à rougir de
mes *actes* et mon âme n'est *saisie* d'aucuns remords
en vous *intimant* ce *congé*. C'est une mesure con-

(1) Observez d'appuyer fortement et d'un air impor-
tant sur tous les mots en italique.

(2) Nous supposons ici une lettre réponse ; s'il en était
autrement, c'est-à-dire si la personne était inconnue,
l'on y suppléera par quelques variantes que le simple bon
sens indique.

servatoire qui m'est dictée par des considérations de famille et dont vous comprendrez la *légalité*.

Subsidiairement, j'ai l'honneur d'être, *parlant à votre personne* et, comme devant, votre très-humble serviteur.

(Suit la signature.)

RENCONTRE D'UNE POISSARDE ET D'UN TITI DE BON TON.

LA POISSARDE *à son cavalier.*—Ohé, Jérôme! r'luque donc ce Nicodème descendu de la lune, comme il nous r'luque avec son cul d'bouteille qu'il s'fiche sur l'œil ; ne l'prendrait-on pas pour un arrivant d'Pontoise. Monsieur a sans doute un' infirmité, il a la vue basse, sans cela à quoi lui servirait son morciau d'verre. Ohé, le gentil ! il a ma foi bonn' mine l'magot, quel chic, pus qu'ça d'air. Vois donc, dirait-on pas qu'il a chippé les aiguilles à tricoter de sa portière avec ses mollets ni pus ni moins qu' des échalats plantés dans des bottes, pour simuler des jambes, et c'te culotte z'haussée jusqu'au menton, pauv' canard, il va ben sûr fair' la course en sac.

JÉRÔME.—Qu'tés bête, Fanchon! tu n'vois donc pas qu'son tailleur y a refusé l'œil, v'la pourquoi il est si écourté, pas d'sa faute; s'il grandi, c'est l'étoffe qui n'prête plus.

FANCHON. — Avec son grand chapiau d'chinois, n'dirait-on qu'il arrive d'Canton. Dites donc, mot' bourgeois, si vot' mère fait encore des p'tits, j'en r'tiens un d'la race quand j'devrions acquitter l'impôt des chiens d'luxe.

Le titi, *gravement.*—En vérité on voit bien que vous êtes des gens de pas grands choses.

Fanchon. — De quoi ! de quoi ! qu'est' qui dit des pas grands choses, parle donc toi, vilain moule à singes, chienne de figure de la noie des pendus. Voyez donc c'grand escogriphe, l'affreuse asperge mentée avecq ses quatre z'yeux et sa coloquinte montée sur des échasses, n'a t'y pas l'air de l'huissier du diable ? Parle donc, général Jacot, vilain gibier d'galère, mon p'tit jeune homme au vieux visage. Y veut faire son queuqu'zun, avec sa frimouze d'polichinelle, son corps z'est comme un' flûte trapacière, son nez d'perroquet et sa bouche en gueule d'four, j'sommes des pas grands choses, causin d'mon chien, viande à faire d'la pâtée, vieux bouquin, tête à colique ! Comment qu'tu l'trouves, m'n homme, c'visage d'chauve-souris qui cherche à nous contrôler ?

Jérôme. — Tir-toi d'là, nom d'un' pipe, ou j'te conseille d'numéroter tes abattis, mauvais fréluquet.

Fanchon. — Laisse donc c'te bête d'caniche, c'pilier d'boul'vard avec ses vitraux pour ne pas être reconnu, restant d'la bande à Cartouche. Tiens, sa figure change de couleur, monsieur à des émotions.

Jérôme.—Allons, finis, goyeux ! on rit z'un peu, mais c'est trop, c'est trop aussi. Embrassons-nous et qu'ça finisse ; au fait t'as l'air d'un bon fiston.

Le titi. — Vous êtes de bonnes gens.

Fanchon. — Allons, j'vous pardonne, mossieur l'amoureux.

Le titi se rendit, promettant de ne plus lorgner les femmes de la halle.

CHANSONS POISSARDES.

ANCIENS STYLES.

Sur l'air *Dedans Paris quelle pitié.*

L'amour est un chien de vaurien,
Qui fait plus de mal que de bien.
  Qu'un forçat au galère
  Vienne se plaindre de ramer :
  Son mal je le préfère
  Près de sti-là d'aimer.

Ce fut par un jour de printemps
Que j' me déclarai z'à l'instant
  Amant d'une brunette,
  Belle comme un Cupidon ;
  Portant fine cornette,
  Posée en papillon.

Elle a tous les deux yeux brillants
Comme des pierres en diamants.
  Et la rouge incarlate,
  Que l'on voit z'aux Gob'lins,
  N'est que d' la couleur varte,
  Auprès de son blanc teint.

All' a de l'esprit en tous temps,
Tout comme un garçon de trente ans.
  Ça vous magne d' l'ouvrage !
  Dam' faut voir comme ça tient !
  Une reine, je l' gage.
  N' blanchirait pas si bien.

Je sais qu'à moi seul il tiendrait
De l'épouser, si alle voulait :

Aussi je sollicite
Sa seule volonté ;
Si ça se fait bien vite,
Fort content je serai.

LE BOUQUET DE FÊTE.

SCÈNE COMIQUE, TYPE DE PORTEUR D'EAU.

Costume d'Auvergnat ou Savoyard.

Fous permettas, la bourchoissa, que ch' vienne pourr fous chouâter la bonna festa.

AIR : *Ton humeur est Catherine.*

Drais qu' jà su qu' chèta fot' festa,
Cha m' fit dans l' corps un r'mumaon ;
Fla ti pas qu' chem' fourr en testa,
D' fous f'nir fairr mon coumplimaon ;
Ch' pards mon tourr à la fountàinna,
Quoiqu' tout prais du roubinait :
Pour fous ch' quittrais ma choupainna,
Praite à bouarre aou cabarait.

Chouras bé foulu, nostra bourchoissa, v's appourtar oun bouquiat. Ch' men fas à ch'ta bouq'tiarra du coin d' la roue Plàtriarra. Ch' li dis comm' cha : m' faut oun bouquiat pour ma bourchoissa Catrinna. — Eh d' quouâ? qu'am' dit. — D' flour d'ourrancha, que ch' li fis. — D' flour d'ourrancha à présent (1)? Ch' tan ficha, qu'am' dit. — Ah! che l' sais be., va, qu' tan ficha d' la flour d'ourrancha, et dans tous lais tams, mas tous n' men fich'ras pas, à moi. Baillou mé des ouillats? — Ch'

(1) Le carnaval est toujours en février ou mars.

nais pas d'ouillats, qnal dit; ch' nais qu' daïs renoncu. — Qué ché qué cha, daïs renoncu? — T'as
l' nez d'sus, imbécilla, qu'am dit poliment : eh!
qu' tu n' vois pas ch'ta p'tit' flourr, qu'a la têt' rou-
cha? — Ché prans chón renoncu, ché lé four' à
mon nais : ah! fi! garda ton renoncu; i n'a pas
d'oudourr... Mas bast! ch' men ficha aussi, moi;
ch' frais ben la festa à ma bourchoissa saus bouquiat : pas vra, la bourchoissa?

> C' qui four as l' pus praisférapla,
> Ch' nais pas daïs présans, daïs flourrs;
> Si ch' puis fous aitre acriapla,
> Cha n' ch'ra pas par mais oudours.
> L' bouquiat qni m' sort du fond d' l'amma
> Vaut mieux, chais sûr et chartain,
> Qu' la flour qui daïs l' soir es' pamma,
> Et doat on n' veut pus l' matain.

Aussi, la bourchoissa, comm' j' n'ai pas d' bou-
queta à vous offrirr, et aussi vra qu' v' saites un'
brave femme et moi t'un franc chavoyard, j' vous
charvira tou.hours avaic honnour et plaichir.

> Tant qu' l'eau fra l' fond d' ma boutiqua,
> Tant chan s'rai fot' fournissourr;
> Fous s'rais de tout' ma pratiqua,
> Cell' qu'aura tout' la favourr.
> Gnaurai-ti dans ch'ta riviara,
> Tant seul'mant qu'oun' p'tit' gout' d'eau,
> Ch' s'ra pour fous, tout' la premiara,
> Qu' ch'en feux remplirr moun tonneau.

Oui, ma bourchoissa : moi et mon tonneau, ch'
nous mettrions plutôt les pieds dans l' feu, que d'
vous laisser manquer d'eau.

Si chamais, par queuqu' capricha,
  Voulant fair' comm' el Chourdain,
La Saine, à pas d'écrevicha,
  S'an allait r'broussar son ch'min,
Ch' partirions vitt' pour saint' Reina (1),

  La prier d' la fair' marcher.
Saint' Rein' forc'rait ben ch'ta Saina
  Dans son lit d' saller r'coucher.

Mais t'nais, vous pouvais m'en croira,
  Ch' suis piqué comm' d'un poingon,

De n' fous apportarr pourr boirra
  Que d' che rogous' à poisson.
  A ch'te grand' saint' Maritana,
Gnia pas d' chourr qu' ch n' fasse dais vœux,
  Pour que l' goulot d' ma fontaina,
  M' lach' pour fous queuqu' vin fameux.

Ah ! queu plaichir ! rian qu' d'y penser, ça m'
fait v'nir l'eau à la boucha.

  En attendant ch'ta marvailla,
Qui n' s'ra p'tait' pas tout-à-l'hourr,
  Permettas que ch'ta boutailla
M' varse oun varr ed' sa liquurr.
  Chamais pus meillour chervicha,
N' pourrait ni vendre oun varr' ed' vain,
  Pi qu' che l' bouais aou sort proupicha,
Qu' pour fous ché d'mande au destain.

A fot' saouaté, la bourcheissa ; grand bian vous

fasse ; cha fous vautra mieux qu' mon eau (ici l'on boit et se jettant lourdement au cou de la personne à qui l'on s'est adressé, il faut danser avec elle ou, tout au moins devant elle, une bourrée savoyardé).

COSTUMES DE PIERROTS, ARLEQUINS, BALOCHARDS, CHICARDS, ISAMBART, FRAMBOISY, FOLICHONS, etc.

Les costumes de Pierrots et d'Arlequins exigent pour être convenablement portés une grande légèreté, surtout chez le dernier ; les coups de *batte* et le talent mimique lui sont d'un grand secours, nous pourrions presque dire obligatoires ; sans cela, ces divers travestissements donnent un air de gaucherie à ceux qui en sont revêtus.

Les Balochards, Flambards et Chicards n'appartiennent d'ordinaire qu'aux réputations chorégraphiques les plus excentriques des danses modernes ; les chants ou chansons les plus nouvelles sont du domaine de ces types éminemment farceurs ; aussi dans ces dernières années se sont-ils faits échos du docteur Isambart, du sire de Framboisy, d'Ohé, les p'tits agneaux, etc., etc.

Notre dernière restauration a vu surgir coup sur coup quatre types essentiellement parisiens. La presse a valu à ces créations humoristiques une popularité impérissable. En effet, Robert-Macaire, Joseph Prud'homme, Chicard et Mayeux survivront à beaucoup de choses, à beaucoup d'homme, et surtout à beaucoup d'œuvres de notre temps. Robert-Macaire et Bertrand, ainsi que Prud'homme, sont les enfants de Frédéric Lemaire et de Serres, qui les ont pétris dans le granit. Henri Monnier fut le dieu qui animait la sculpture, il fut le Pygmalion du fou-rire. Chicard a été inventé par un marchand de cuir du quartier Montorgueil, nommé Lévêque, et illustré par Gavarni... ce roi de tous les croyants. Quant à Mayeux, type qui s'efface graduellement ; attendu qu'il était de nécessité première de ne pas terminer une seule phrase du discours sans l'accompagnement d'un gros juron de mauvais goût ; quant à Mayeux, disons-nous, il a vécu aussi réellement que les roses et les champignons.

J' VIENS D'HÉRITER.

Costume Normand, type beau Nicolas.

Air : *Ohé ! les p'tits agneaux.*

Foi d'Mathurin Payoux,
J'ai le cœur ben à s'n'aise ;
   Accourez donc trétous,
   Habitants d' Falaise,
    Osez m' molester,
    J' viens d'hériter
   D' mon oncl' Gribiche.
 Cristi, me v'là riche !
  Oui, j' viens d'hériter.

On m' disait : t'es un s'rin,
   Bancalon et louche ;
On voit qu' t'est pas malin,
   Dès qu' t'ouvres la bouche.
  Maint'nant qu' j'ai d' gros sous,
On n' dira plus que j' suis un' bête.
   J' vas t'y fair' ma tête ;
J'hérite, ah ! j'ai plus d'esprit qu' vous.

Foi d' Mathurin, etc.

J' vas avoir, ventrebleu !
  Gilet, culotte, veste,
En biau drap fin et bleu ;
  Puis, ça n'est pas l' reste,
  Des boutons brillants,
Aussi luisants que ceax d' not' ma're ;
  Dam ! c'est que j' veux pla're ;
Je n' suis plus le gros gars d' dans l' temps.

Foi d' Mathurin, etc.

  La fille au grand Giroux,
    Qui faisait la sucrée,
  Quand all' venait cheux nous,
    L' soir, à la veillée,
    Ell'- rec'vait ma cour
Ben pis qu'un quien dans un jea d' quilles.
    J' varrons pus les filles
A c't'heure r'buter mon amour.

Foi d' Mathurin, etc.

    Jean Nicolas Raguin,
  Puis l' gars à Françoise,
M' trouvaient-ils en chemin,
  Vite m' cherchaient noise.
  C'est qu' j' n'ai pus peur d'eux,
D'puis qu' j' suis un biau monsieur d' la ville.
  J' vais donc viv' tranquille.
L'argent, dit-on, rend ben heureux.

Foi d' Mathurin, etc.

  J' veux avoir de l'honneur,
    Si j'ai d' la richesse ;
  Mon cousin est sonneur,
  J' suis rien et ça m' blesse,

J' veux êtr' sacristain,
Marguillier ou bedeau, comm' Blaise ;
Il suffit qu' ça plaise ;
On m'acceptera, c'est certain.

Foi d' Mathurin, etc.

Oui, mais j' n'ai pas d' parents
Qu'auront ma fortune ;
Y m' faut donc des enfants ;
Un' femm', m'en faut une,
Puisque j'ai du bien.
J' veux qu'on tambourine de suite :
M'sieur Payoux, ben vite,
D'mande un' épouse, il a l' moyen.
Foi d' Mathurin, etc.

PAS DE PANTALON, PAS D'HABIT !

« Ma vieille, écrivait le lundi gras un des plus spirituels comiques du théâtre des Folies-Dramatiques à un de ses camarades, je vais demain en soirée, on soupera et, si tu es sage, je te rapporterai trois brioches... Mais (il y a un mais) j'ai déchiré hier contre un portant de coulisses mon habit noir, ce superbe habit noir qui faisait l'admiration des ouvreuses et du public des troisièmes. Fais-moi le plaisir de me prêter ton bleu barbeau, j'en aurai le plus grand soin, car je sais le cas que tu fais de ce vestige historique. »

Le camarade interpellé envoie sa réponse sur l'aile du zéphyr, représenté par un affreux facteur grêlé (prix 15 centimes).

Voici ce que contenait l'autographe susdit :

« Mon bon,

« Mon habit bleu est à ton service; mais je te prie de m'envoyer ton pantalon, si tu veux que je te porte le barbeau. »

LE CARNAVAL.

Carnaval de nos pères, Carnaval joyeux, décolleté, débraillé; Carnaval au nez violet, aux joues barbouillées de lie, où es-tu?

Les voitures chargées d'arlequins, de bergères enrubanées, enguirlandées; de polichinelles à doubles bosses, de forts de la halle, de pierrots, de camargos, de titis, de dominos bleus, noirs, jaunes ont fait place aux réclames peintes sur toile de quelques industriels qui font de la publicité partout et toujours.

Ma foi, tant pis!

Je regrette fort, pour ma part, et ces joyeuses rencontres dans lesquelles on dépensait tant de gaieté, tant de farine, tant de quolibets égrillards, de dragées et d'éclats de rire, et les petites réunions de famille, avec la crêpe et les beignets traditionnels; ces bons beignets savoureux, dorés, croustillants, qu'une fine neige de sucre couvrait à leur sortie de la poêle.

Ah! je me le rappelle, nous chantions alors :

Mardi-gras, n't'en va pas!
J'f'rons des crêp's, j'f'rons des crêpes.

Malgré les vœux sincères redits vingt fois en chœurs par des lèvres avinées, le mardi-gras s'en allait toujours, mais c'était pour revenir l'année suivante plus gaillard et mieux portant que jamais.

Les rois s'en vont !... le Carnaval a fait comme les rois !

Allons donc ! Est-ce que cette institution, qui va si bien à nos allures, peut disparaître ? Le Carnaval sommeillait, mais cette année il se réveille... Tenez ! entendez-vous son joyeux et brillant cortége ?

A boire ! à boire !...à boire ! A la chie-en-lit... lit...lit...

Sois le bien venu, notre vieil ami d'autrefois, et quelle que soit la durée de ton séjour parmi nous, nous redirons avec Béranger :

> On crie à la ville, à la cour :
> Ah ! qu'il est court !... ah ! qu'il est court !

COMMENT FAUT-IL QUE JE M'HABILLE?

Charles Blondelet aborde hier Alexandre Guyon et lui tient à peu près ce langage :

— Lexandre, un conseil?

— Jase !

— Je vais ce soir au bal.

— Bah !

— Parole la plus sacrée !

— Et tu te déguises?

— Ah ! voilà, Lexandre ; c'est à ce sujet que j'ai voulu te consulter.

— Eh bien ! costumes-toi en boucher.

— Allons donc ! je serais trop mal *en boucher*.

— Alors, Blond-de-Lait, habille-toi en fondeur de caractère, et tu pourras danser les danses (de caractère).

— Je prendrais bien le costume de fondeur ; mais je voudrais savoir combien les fondeurs *font d'heures.*

— Si tu veux, j'ai à ton service un habillement complet de turc.

— Est-ce un *turc à raies?*

— Du tout! c'est un Chinois.

— Auparavant.... réponds : si je prends cet habillement de Pékin, j'aurai peut-être l'air d'un pékin?

— Alors, prends le chapeau pointu, la barbe blanche et la baguette du magicien, tu auras l'allure d'un devin.

— Ça va!... et j'en prendrais bien un verre (de vin); fais-tu une honnêteté?

— Bigre! on a sonné, et je suis du lever du rideau... je me sauve. Adieu!

— Bonsoir!

LE CARNAVAL A ROME.

Le carnaval est la grande fête des Romains; ils en sont fiers avec raison. Dès le matin du premier jour, de forts détachements de l'armée pontificale parcourent, musique en tête, les principales rues de la ville fondée par les jumeaux de la louve.

Bientôt, la belle rue du Corso est sillonnée par deux files serrées de calèches découvertes, dont les chevaux sont ornés de fleurs, de plumes ondoyantes, de bruyants grelots.

Les balcons des palais, les fenêtres des maisons sont tendus de tapisseries aux vives couleurs; la foule les envahit bientôt, foule élégante, titrée, avide de voir le spectacle de la rue.

Le peuple se hisse, se juche, se blottit sur les fenêtres des boutiques, sur des bancs, sur des chaises; devant lui, sur le milieu de la chaussée, les mascarades bizarres, des êtres rêvés par l'imagination d'Hoffmann, des mendiants fantastiques, qui eussent séduit le crayon de Callot, vont, viennent de çà de là, rasant les chevaux et les voitures... Bientôt le combat à coups de *confetti* commence.

Le *confetti* est une petite boule de plâtre ou de farine, dont chacun fait une grande provision ; les piétons se munissent d'énormes cabas pleins de cette artillerie inoffensive ; les voitures contiennent de larges paniers pleins de cette mitraille ; le feu s'ouvre entre les spectateurs des balcons, les acteurs des voitures et le parterre... On se jette les *confetti* par poignées, par assiettées ; un nuage blanc de plusieurs kilomètres, monte dans l'air et retombe sur les cheveux qu'il poudre, sur les habits qu'il enfarine.

Les hommes qui dédaignent le travestissement protégent leurs yeux par d'énormes lunettes et revêtent des vêtements blancs.

Les dames portent ou le pittoresque costume des paysannes de la campagne de Rome ou l'élégant domino.

Les lions romains, les *gandins* de la ville éternelle, tendent aux dames, à l'aide du *scaletto* (bandes de bois croisées semblables à ces jouets d'enfants qui supportent des soldats de bois et s'allongent à volonté), des bouquets de violettes et des camélias ; quelquefois ils lancent sur les masques des paquets de carottes, de poireau et d'autres légumes, le tout au bruit des quolibets, des cris, des applaudissements, des rires de cent mille personnes.

LE CARNAVAL D'A PRÉSENT,

ou

Le Dimanche-Gras à Paris.

Aujourd'hui, lorsque paraît le dimanche gras, tout Paris se porte sur ce Longchamps parisien, sur ce pré Catelan d'un nouveau genre, qu'on nomme la ligne des boulevards... les boulevards ! c'est-à-dire la plus belle promenade du monde ! les boulevards ! bornés, d'un côté, par la Madeleine, et de l'autre par la colonne de Juillet, — ou plutôt par la Bastille, — comme on est convenu d'appeler cette place de la Bastille,—la plus vaste de toutes celles de Paris. C'est là, en attendant le passage de quelques gens travestis, paraissant à de rares intervales ; c'est là, disons-nous, que l'on attend le passage du cortége du bœuf-gras, vieux reste des coutumes barbares, et qui disparaîtra bientôt, sans doute aussi, devant les progrès de l'intelligence, qui marche à pas de géants en renversant sur sa route toutes les absurdités que nous léguèrent les temps d'ignorance et de servitude. Oui, la foule abonde aux boulevards, c'est là que s'étale le luxe, que la fashion établit ses règles ! c'est là, enfin, que commencent et finissent bien des intrigues ! On y voit des vieux qui veulent rester jeunes, — des jeunes qui veulent paraître vieux, des femmes comme il faut qui oublient trop souvent qu'elles le sont, — et des femmes légères qui étalent leurs *dix-huit jupons* sur le macadam en prenant des airs de grande dame !... Là, tout le monde se heurte et se coudoie, se jalousant et se saluant, se donnant la main et se méprisant,—causant, fumant, marchan, s'arrêtant et s'asseyant... Tout le monde des boulevards ces jours-là se connaît sans se connaître et flâne pour le plaisir de flâner.

— S'amuse-t-il ?

— Pas trop.

— S'ennuie-t-il ?

— Pas mal.

— Pourquoi s'y promène-t-il ?

— D'abord, parce que tout le monde s'y promène, puis, ensuite, pour voir ce qu'il a coutume de voir tous les ans : quelques masques crottés, suivis par des gamins qui les saluent, tout le long de la route, de l'acclamation insignifiante : *A la chi-en-lit ! à la chi-en-lit !* car le boulevard est l'empire du *titi* et du gamin de Paris. Prenez garde de déplaire à ces messieurs, ils sont très-piquants et très-puissants ! Et quoi que vous leur répondiez, ils mettront toujours les rieurs de leur côté. Voulez-vous, en passant, un échantillon de leur savoir vivre ? Un dimanche-gras, à l'angle du boulevard du Temple, s'accostèrent deux petits garçons, casquettes propres, habits bleu ou vert, pantalons bien proprets.

— Titi !

— Te v'là prêt, flâneur de Bibi ?

— Il est cinq heures et demie.

— Et puis l'pouce, mon petit. Comme t'es fringant !

— Tiens ! c'est pas toujours la fête ; avec ça que t'as pas l'air musqué, toi.

— Flambard, mon cher, flambardinard ! M'man m'a donné quatre sous, queu chance !

— Moi, j'en ai cinq, t'es enfoncé

— l'art à deux.

— Tiens ! pourquoi ça ?

— Bourse commune, ou je te pige.

Ce disant, Titi le Talocheur envoya un coup de poing dans l'estomac de son camarade.

— Tu m'as fait mal, Titi.

— Ah ! c'est que le dos est jaloux ; attends.

Titi, se lançant derrière Bibi, lui envoya une dégelée de coups de poing sur les épaules, si fort, si fort, que l'enfant battu devint tout pâle ; il s'assit sur le bord du trottoir.

— Imbécile ! va, tu m'as cassé quelque chose.

— Que tu es bête !

Des témoins de cette scène voulurent s'interposer entre les deux champions.

— Plaît-il ? fit Titi d'un air goguenard, pourquoi qui fait l'juif avec un ami, et puis c'était pour de rire.

— J'ai plus de mal, dit Bibi en se relevant et pour qu'on ne corrigeât pas son camarade, dis-leux donc zut ! Titi, de quoi que c'est qu'ils s'mêlent, ça les regardent-ils ?

Telle fut l'expression de reconnaissance du battu envers ceux qui voulaient défendre sa cause. Avions-nous donc tort en disant tout à l'heure qu'il faut éviter de leur déplaire ?

Sur les boulevards de Paris, à côté des scènes de Titis, chaque jour, et notamment ceux de fêtes publiques, on cause de bourse et de femmes, de littérature et d'art, de politique et d'économie, de toute, de rien. Là, le monde est ami ; les rivalités cessent. En un mot, Paris, aux jours solennels comme celui-ci, ne s'occupe plus, il flâne.

Vous savez que le Parisien est essentiellement flâneur. Il prendra une voiture pour faire un demi-kilomètre, mais il marchera des heures entières sur le boulevard sans y penser ; il s'arrêtera devant une gravure qu'il a vue cent fois, devant une boutique dont il connaît l'étalage, et tout cela pour le seul plaisir de flâner. Il se promènera en lançant une œillade à une jeune fille..... de marbre qui vient mendier les regards et un..... dîner, en jetant au vent la fumée de son cigare et en pensant à tout.... excepté à quelque chose de bien. Sur les boulevards, on entend la conversation des différents groupes masculins et féminins. Cette conversation est intéressante au possible, et souvent un peu décolletée. Combien aussi les désœuvrés regrettent-ils les jours de cohue où les deux côtés du boulevard étaient garnis de voitures chargées de masques bariolés de toutes les couleurs ! Aux sales propos près, il y avait en effet du plaisir pour les yeux, mais le plaisir qui coûte quelque chose n'est jamais un plaisir, et telle chose qui scandalise la vertu doit s'éclipser sans regret. Aussi :

> Je vous connais, pierrots frivoles,
> Fanfarons, éternels bavards,
> Qui, dans le flux de vingt paroles,
> Parlez l'esprit des boulevards ;
> Ainsi, que de gens dans le monde
> Causent beaucoup et ne font rien.
> Pierrots, votre race est féconde...

———

Dans les jours gras on compte plusieurs sortes de bals, entre autres :

Le *Bal à dains*,
Le *Bal laid*,
Le *Bal long*,
Le *Bal lourd*,
Le *Bal lustre*.

UN SOUPER DE CARNAVAL,

Combien coûte-t-il?

Les restaurants qui offrent aux habitués des bals masqués des soupers que l'on peut prolonger toute la nuit, enflent souvent le total de l'addition d'une façon exagérée. On spécule un peu sur l'amour-propre des cavaliers qui, escortant pour la première fois les danseuses qu'ils ont rencontrées, n'osent se récrier devant elles sur cette hausse subite des denrées alimentaires.

C'était le soir du jeudi-gras, un pierrot de bonne mine, à l'extérieur distingué, descend d'une voiture de remise, en compagnie d'une charmante laitière au jupon court et au frais corsage. Ils entrent tous deux au café *** et se font servir à part un délicieux souper : volailles froides, fruits dorés, vrai bordeaux, xérès et champagne.

Le repas fini, le garçon, frisé, parfumé, frétillant, monte la carte, qui se montait à 34 fr. 40 c.

Le pierrot tire un porte-monnaie bien garni et donne au garçon une belle pièce de 40 fr. Le garçon empoche, remercie avec effusion et commence à desservir. L'élégant pierrot se dispose à partir, mais sa compagne l'arrête, et s'adressant au garçon qui avait si impudemment empoché ce que sans doute il appelait son *pour boire*

— Garçon, dit-elle, rendez-nous 5 fr. ; vous garderez 60 c. pour vous. Monsieur est mon mari.

Lettre de M. Dubois à Mam'selle Dubut.

Mam'selle,

Quand d'abord on n'a plus son cœur à soi, c'est signe qu'une autre personne l'a, et pour afin que vous n'trouviez pas ça mauvais, c'est que j'vous dirai qu'vous avez le mien. J'ai eu la valissance et l'honneur de vous voir dans un endroit de danse au Gros-Caillou, par plusieurs différentes fois, et qui pis est, j'ai dansé avec vous trois menuets et puis l'passe-pied, en payant, dont je ne regrette pas la dépense, parce que ce n'est pas suivant ce que vous valez. Pour revenir donc à ce que j'disions, je m'appelle Jérôme Dubois; et en tout cas que vous ne remettiez mon nom, j'suis c'grand garçon qui a ses cheveux en cadenettes, et puis une canne les dimanches de jais, et qui a aussi un habit jaune, couleur de ma culotte neuve, et des bas à l'avenant. J'amènerai dimanche ma mère au même lieu que vous êtes venue la dernière fois, pour qu'all' fasse connaissance aveuc vous; et ça sera fort bien fait à moi que j'puisse vous partager l'amiquié que j'goûte pour vous dont j'suis avec du plaisi,

Mam'selle,
Vot' petit serviteur de tout mon cœur,
Jérôme DUBOIS,
Pêcheur d'la Grenouillère, là ou c'que
j'demeure pour attendre vot' réponse.

Réponse de Mam'selle Dulut à M. Dubois.

Monsieur,

J'ai reçu votre lettre, là ou c'que j'ai lu l'écriture

qu'était dedans. J'nai pas un brin·la souvenance de vous connaître, et ça m'a fait plaisir d'apprendre de vos nouvelles. Pour à l'égard d'vot' politesse, j'ai trouvé du contraire à la vérité que j'aie vot' cœur, à cause qu'on n'a pas le bien d'autrui sans qu'on le donne ; ça fait connaître qu'une fille d'honneur ne prend rien ; par ainsi j'nai pas vot' cœur. Et puis tous ceux qui disont cela pour rire n'allont pas l'dire à Rome, car les garçons savent si bien emboiser les filles que j'devrions en être grises ; c'est pourquoi j'vous prie d'brûler c'te lettre, dont je suis avec respect,

Monsieur,

Vot' très-humble servante,

Nanette Dubut.

AVENTURE DE CARNAVAL.

C'était la nuit dernière, à la salle Barthélemy, dans ce joyeux refuge de la gaieté carnavalesque, un vénérable polichinelle s'en donnait à cœur joie, son costume pailleté, ses doubles bosses, son chapeau à plumes, couvraient le dos et le chef d'un respectable boutiquier de la rue du Petit-Lion-Saint-Sauveur.

Le commerçant folichon était à la joie de son cœur, il papillonnait galamment près d'une gracieuse pierrette, au pied mignon, à la taille de guêpe. Le masque qui couvrait son visage laissait entrevoir deux beaux yeux, lorsqu'elle buvait, et elle buvait souvent (car il fait chaud à la salle Barthélemy, surtout dans les nuits de plaisir où la foule envahit l'établissement); on apercevait entre des lèvres roses deux rangées de dents fraîches, blanches et mignonnes.

Vingt fois le polichinelle avait supplié la pierrette de se démasquer, de lui laisser voir un instant son visage; la cruelle s'était obstinée à conserver le fragile rempart de velours qui cachait ses jolis traits.

Ah! (se disait intérieurement l'homme aux deux bosses), je suis un polichinelle bien heureux; mon épouse adorée repose bien tranquillement dans notre entresol de la rue du Renard, tandis que moi... moi je captive, je subjugue le cœur de la plus ravissante personne de la salle Barthélemy, qui reçoit tant de jolies femmes. Bientôt viendra l'heure de se démasquer; bientôt, heureux mortel, je contemplerai les frais appas de cette divinité, qui n'a qu'un seul défaut, celui d'avoir une soif très-onéreuse ici... Mais, bah! je me rattraperai sur le dîner de mes commis.

L'heure du départ arrive; le polichinelle renouvelle ses instances; la dame refuse de nouveau. Que fait alors le drôle? Il tire doucement de sa poche une petite paire de ciseaux, qui ne le quitte jamais; et, passant adroitement sa main derrière la tête de la pierrette, il coupe le cordon de son masque.

Le velours tombe, et le polichinelle l'imite de son haut : O surprise! ô terreur! ô remords!

Dans la ravissante pierrette, le boutiquier vient de reconnaître... sa femme!...

VISITE DE MAM'SELLE MANON

A SES COMMÈRES.

Mam'selle Manon, fille de mame Friquet, fruitière-orangère, rue du Contrat-Social, a épousé, il y a quelque temps, un agent de change, qu'elle appelle toujours son argent de change... Le jour du lundi gras, elle passe, dans sa calèche, près des Halles centrales, et elle appelle ses anciennes amies : « Dites donc ! eh ! petites mères ! approchez-donc, mes belles ! Vous ne me reconnaissez donc pas ? C'est moi, Manon, le p'tite Manon : j'ai épousé un homme qu'a le sac ; mais j'suis pas plus fière pour ça.

« Ah ça ! faudra venir me voir, rue de Rêve-au-Lit ; une maison superbe avec champignon sur rue. L'escalier a des crampes de fer ; dans notre salon nous avons des estatues en marbre blanc, sur des pieds détestables ; on se repose sur des cannes a épée en velours cramoisi ; nous avons aussi des tableaux avec des cadavres dorés, qui représentent Apoillon, Vernus et Juspiter.

« Ah ! dame ! voisines, c'est que mon mari a le vent en croupe ; il a acheté une maison qu'il paye en rentes voyagères ; il a un tas d'actions sur une mine, dont son neveu est l'usure fruitier.

« A revoir, les petites mères ! Je donne, à ce soir, une grande soirée : un ragou (comme dit mon homme) ; il y aura de la pâtisserie, des manes de pains, des cent de suisses, des sorbéqués, des vins de rigueur et de la crême des barbares. »

UN DANSEUR ÉREINTÉ.

Lecteur, cher lecteur, ami lecteur, j'ai vingt-cinq ans, assez bonne mine, et le malheur d'avoir été présenté dans quelques maisons comme un danseur infatigable !

Que Dieu vous garde de cette réputation, que j'ose qualifier, à bon droit, de funeste !

Nous sommes au carnaval ; j'arrive dans un bal. A peine ai-je eu le temps de m'incliner devant quelques personnes de connaissances, que la maîtresse de la maison vient à moi, de l'air le plus aimable, et me prie de vouloir bien faire danser une jeune et timide personne, qui, depuis le commencement de la soirée, est restée dans un coin de la salle.

Je souris ; je murmure : *Certainement... avec plaisir... trop heureux !..* et je présente ma main gantée à la jeune délaissée.

Durant le quadrille, je veux échanger quelques paroles avec ma partenaire, mais elle ne répond, aux politesses banales que je lui adresse, que ces phrases qui ne peuvent la compromettre :

Oui, monsieur.

Non, monsieur.

Il fait bien chaud.

Ah ! Dieu ! qu'il fait chaud !

Vous êtes bien bon !

Merci, monsieur.

Le quadrille est terminé ; la maîtresse de la maison se présente à moi de nouveau, et me conduit moitié de gré, moitié de force, devant une affreuse douairière, haute en couleur, édentée, bourgeonnée, fardée, surannée, et dont la tête, surchargée de marabouts, achetés au Temple, de fleurs aux nuances hardies, ressemble assez à celle du bœuf gras.

Mon cher Jules, — me dit ma conductrice — (je me nomme Jules), voici madame Barre-du-Bec, qui meurt d'envie de danser ; malheureusement, elle ne connaît personne ; j'ai compté sur vous...

Sans attendre la réponse , la traitresse invite, en mon nom, la grosse, grande, volumineuse madame Barre-du-Bec , qui sourit en montrant d'affreuses dents, jaunes comme des citrons.

L'orchestre fait entendre sa ritournelle, et je pars avec ma danseuse, qui souffle comme un bœuf, brouille les figures, marche sur les pieds de ses voisines, et me dit très-haut qu'elle est *veuf*... de son cintième, feu Barre-du-Bec, négociant-z-en métaux...

Après elle, vient le tour d'une longue et vaporeuse Anglaise ; après l'Anglaise, celui d'un bas bleu très-connu dans Paris (comme disent les canards)...

Mais, je suis en nage ; je veux étancher la soif qui me dévore ; erreur ! profonde erreur ! En vain je m'approche du buffet pour prendre un sorbet, une glace, un verre de punch ou d'orgeat : tout est pris, consommé, absorbé ! et j'obtiens, avec beaucoup de peine, un verre d'eau sucrée... sans sucre !

PROMENADE

DANS LES PRINCIPAUX BALS DE PARIS.

En tête des bals de Paris, nous devons inscrire Mabile, dont l'excellent orchestre, dirigé par **Pilodo** *le grand*, forma les reines de la polka : Lola-Montès d'abord ; puis Pomaré, la jeune souveraine, morte si jeune, en laissant à Céleste Mogador un sceptre vivement disputé par Rose Pompon, Frisette, Maria, Clara Fontaine, la belle Arsène, et ces gentilles femmes qu'un sipirituel chansonnier a célébrées sous le titre de *Reines de Mabille*. Ce bal est situé allée des Veuves, aux Champs-Elysées.

Nous entrâmes, un soir de carnaval, à Valentino, rue Saint-Honoré ; la foule était vive et brillante ; nous n'y pûmes saisir au vol que ce fragment de colloque entre un *Titi de bon ton* et un personnage vêtu en *Marin :*

LE TITI. — Oh ! eh ! mon particulier, vous avez oublié quelque chose à la porte ; si l'cipal vous voyait, vous n'seriez pas blanc.

LE MARIN. — Jeune citadin, fidèle à la consigne sur mer comme sur le plancher des vaches, je vous crois dans l'erreur.

LE TITI. — Allons donc. Est-ce qu'un nez comme le vôtre n'doit pas toujours se déposer au contrôle ; il y a des femmes ici qui sont si fantasques qu'elles pourraient avoir l'envie de le copier, et je ne vois pas l'urgence d'en perpétuer la race.

LE MARIN. — Pékin, vous êtes trop homme de terre pour vous attaquer à un vieux loup de mer comme moi.

LE TITI, *avec ironie.* Oh ! eh ! au loup ! au loup !

LE MARIN. — Jeune blanc-bec, si l'histoire de mes malheurs vous était connue, vous auriez plus de respect pour un homme comme moi ; nous venons de faire naufrage, après être restés 75 jours sur un radeau entassés comme des harengs ; il ne nous restait plus un seul petit pain de seigle d'un sou. Plusieurs d'entre nous avaient mangé leur redingote ; d'autres s'étaient alimentés avec leur pantalon... Après avoir mangé une partie de leurs hardes, ils s'aperçurent qu'ils seraient bientôt nus, ce qui redoublait leurs angoisses et les accablait de désespoir... Plus de munitions ; l'avenir nous paraissait douteux, et sous la forme trompeuse d'un pain de six livres... Moi, qui vous parle, pendant ce temps, assis au pied du grand mât, je mâchais et m'efforçais d'avaler mes sous-pieds ; près de moi, un mousse mordait, à belles dents, dans l'épaule d'un matelot, comme si c'était un gigot de mouton ; après quoi,..... Nous n'en entendîmes pas d'avantage ; mais nous vîmes avec plaisir nos deux champions, après s'être touché la main, se diriger vers le sanctuaire des rafraîchissements.

Le Ranelagh, au bois de Boulogne.

Dans ce bal, on ne danse pas, on se promène ; on ne rit pas, on sourit ; on ne saute pas, on glisse ; enfin, on s'ennuie avec élégance, de la meilleure foi du monde, et pourtant on y va, ne fût-ce que par amour-propre.

Jardin des Fleurs, avenue des Champs-Elysées.

Promenade féerique et bals d'enfants. Passons.

Elysée Montmartre, boulevard Pigale.

Ermitage.

Bal Robert, boulevard Poissonnière.

Société mêlée ; gaieté vive et franche, plaisirs et bons mots.

Le Chateau-Rouge, chaussée de Clignancourt.

A la bonne heure ! On vit et l'on respire ici ; on ne s'y ennuie pas. Bal à grand spectacle, avec fusées et tout ce qui s'ensuit ; le sorcier lui-même n'est pas oublié (souvenir de Tivoli).

Le Vauxhall, rue de la Douane.

Gros rire.

Salle Barthélemy, rue du Château-d'Eau.

Naissance des folichons ; *échantillon*, rencontre entre une laitière et le beau Nicolas. Ce dernier entrant :

>   Chacun di., a chaque pas,
>   Qu'il est beau c'monsieur Nicolas!
>   Qu'il est bien ! (*bis*) qu'il est beau c'monsieur
> (Nicolas)

La Laitière.— Ah ! queu bel homme ! Quel'e prestance ! Sont-elles heureuses celles .qu'il aime c'biau garçon !

Beau Nicolas. — Plaît-il, mam'selle ; vous n'êtes pas la première à l'dire ; mais. t'nez, justement pour les faire bisquer, j'suis venu ici à seule fin d'fixer mon amour. Voulez-vous-t-il m'aimer ?

La Laitière. — C'est, par ma fine, trop d'honneur ; mais vous, un si bel homme ! m'aimerez-vous ?

Beau Nicolas. — C'te bétise : comm' les chiens aiment les pâtés ; pis vous ?

La Laitière. — Comm' les vieux aiment l'argent et les fiacres l'mauvais temps.

Beau Nicolas. — Eh ! ben moi, comme le gars Giroux aime ses bœufs ; pis vous ?

La Laitière. — Moi, comme les garçons aiment à mentir ; vous êtes un flatteux.

Beau Nicolas. — Mam'selle. j'vous aimerai comme les filous aiment la foule ; les chats, le mou ; les sacristains, à boire ; et puis, bien plus encore, vrai !

La Laitière. — Touchez là, farceur ; payes-tu une cigarette et d'la bière, j'ai l'gosier à sec.

Un Flambard.

Bat, bit, blèche et pas toqué ; c'est Chicard,

chicoquandart ; enfants, j'en suis attendri ; j'vous bénis, passez d'vant la mairie en sortant d'ici, et vous voilà z'unis ! Mam'selle dans't-elle ? J'la r'tiens pour la première.

La Laitière. — Allons, du flan ; batteur, tu vois bien que j'suis r'teinte.

Pendant qu'ils follichonnent ici, suivez-nous, ami lecteur ; entrons au Prado, charmant bohême situé dans la Cité, sur l'ancien théâtre des *Folies-Variétés*. Son nom est un véritable contre-sens, car je ne sache pas que le bal de M. Bullier soit une promenade ombragée comme le *Prado de Madrid* ; mais, qu'importe ? c'est le paradis de l'étudiant et de la grisette, du calicot et de la giletière ; puis, quelques jeunes dames des halles et de gentilles bouquetières, qui, le lendemain, sous les fenêtres mêmes de cet *el Dorado*, vendront, pour un sou, à leurs danseurs, le fin bouquet de violette. Voyons un peu le langage du lieu.

Rencontre d'un étudiant d'quinzième année, mis en débardeur, avec une dame du quartier, mise en orangère :

L'Orangère.

Te v'là donc visage d'Carlin,
Que t'est-il arrivé c'matin,
T'as l'museau plat comme une affiche,
T'es enroué comme un vieux caniche ;
J'sommes tous ici pour rigoler ;
Si ça t'gêne, tu peux parler.
Dégoise-nous tes quat' bredouilles,
J'te ferai boire avec les grenouilles.
Tiens, j'veux t'tenir le bec dans l'eau,
Comm' sont tous tes parents, crapaud.

Le Débardeur.

Allons, zut ! tu souffles la peste ;
Va-t'en, sans demander ton reste.
J'plains celui qui fera ta conquête ;
Car où diable aurait-il la tête ?
T'as l's'yeux bleus comm' des pomm's d'apis,
Les joues ridées comm' un surplis ;
Ton menton long comme une concombre,
Cache tes écrouelles à l'ombre ;
Le nez fait comme un cornichon,
Autant d'encolur' qu'un cochon.
Sans ta crinoline, ma chère,
On dirait d'un balai de bruyère,
Car les appas que tu n'as pas
Te gonflent comme un échalas.

L'Orangère.

Voyez donc comme il est joli,
Monseigneur de Torticoli ;
De dêche un jour il voulut s'pendre,
Cette prouesse sut lui rendre
L'cou tord comme un lien d'fagots,
C'qui l'fait toujours r'garder en haut :
Que vise-t-il au pays de la lune ?
Les fripons n'y font pas fortune ;
N'y a rien à prendre en paradis ;
Les anges en ont reçu l'avis.
Ton dos comme une chais' d'église
S'rait marq é, si l'code qu'on revise
Portait encor : « Pour leurs larcins
Seront marqués tous les coquins. »

Le Débardeur.

Tais donc ton bec, fouilleus' de poche ;
Chacun, tu l'sais, craint ton approche ;

Carrefours, rues et grands chemins
Ont vu l'adresse de tes mains.
Je sais ce qu'ici tu demandes,
Affreuse face de limande :
J'tai vu à louer ; ton écriteau
Etait pendu l'long d'un poteau,
A deux pas, en bas, sur la place,
D'force on t'fis voir à la populace.
On t'connaît, madam'hareng pec,
Crois-moi va-t'en et tais ton bec.

Nous n'en voulûmes pas entendre davantage, car cette réminiscence d'un langage aussi grossier n'était certainement pas faite pour nous engager à demeurer céans. Notre promenade dans les bals donnés dans les divers théâtres des boulevards ne nous révélèrent aucunes particularités ; le laisser-aller, le décolleté et le bon ton s'y coudoyaient partout.

Nous voici au mercredi des cendres, montons à la Courtille ; il est cinq heures du matin ; allons, comme disent les Parisiens, enterrer *mardi-gras*, c'est-à-dire voir *la descente*. Comme tout est changé! comme l'on y reconnaît aujourd'hui l'empiétement de la morale sur les mauvaises mœurs. il y a certainement des curieux, des désœuvrés, qui viennent là se repaître de souvenirs, mais où sont donc ces costumes bariolés, ces tombereaux et ces élégantes voitures l'un et l'autre confondus ? ces propos obscènes, ces piétons ouvrant de pas en pas les portières pour attaquer de discours grivois les travestis moitié ivres ou moitié endormis, aux traits livides, conséquence de trois nuits d'insomnies ou d'excès, d'excentricités de tous genres, et qui, tapis au fond de leurs voitures, voudraient voir et n'être pas vus? L'orgie a dit son dernier mot ; la descente de la

Courtille, pour nos enfants, ne sera plus qu'un conte bleu. Nous vîmes néanmoins quelques masques tenter la résurrection des mauvais temps et apostropher au passage une famille honnête qui regagnait ses foyers; une jeune fille était costumée en *camargo*, elle fut accostée ainsi :

> Sans loyauté, morceau gâté,
> Je t'ai quitté pour ma santé.

Le père voulut répondre aux insolents, on lui répliqua :

> Tais-toi, baveux, cireux, miteux,
> T'es un teigneux, t'as plus d'cheveux.

La jeune fille pleurait, le père eut recours à l'autorité, et de suite, aux applaudissements des spectateurs, les *malins* d'une autre époque furent mis au poste. Quel changement! dirons-nous encore; jadis, on n'eût fait qu'en rire, et l'insulte seule aurait trouvé de l'écho. Si, dans ce volume, nous avons reproduit quelques passages de la théorie carnavalesque de nos anciens, ce n'est qu'un tableau rétrospectif des mauvaises doctrines offert à la justice du bon sens et au dédain des gens honnêtes, qui y verront, par la comparaison, combien la société y a gagné depuis très-peu d'années.

DIALOGUE POISSARD

Entre un FARAUD, JÉROME, JACQUELINE. MARIE-JEANNE et Mlle MARGOT, la mal-peignée, reine de la halle, et marchande d'oranges.

TYPES LOUIS XV.

Le Faraud. — Bonjour, m'am'selle Margot.

Margot. — Bonjour, monsieur l'Faraud.

Le Faraud. — Combien vos oranges?

Margot. — Six sous pour vous, tout au juste.

Le Faraud. — Oh ! c'est trop.

Margot. — Et vous?

Le Faraud. — C'est trop ! vous dis-je.

Margot. — Vous ne les aurez pas pour ce que -vous en dites.

Le Faraud. — Six yards.

Margot. — Dis donc Marie-Jeanne, as-tu des oranges à six yards à bailler à s'mossieu ? ou d'meurez-vous, mon bijou, j'vas vous les envoyer par le cousin d'mon chien.

Le Faraud. — Tais-toi, bégueule.

Margot. — Ohé ! dis donc, Jérôme, r'garde donc c't'animal manqué, qui m'appelle bégueule.

Jérôme. — Qui, ce gringalet-là ? faut que je lui dévisse la tête.

Le Faraud. — Ne t'y joue pas ; car je suis tout prêt à t'faire la barbe.

Jérôme. — Qui, toi, carcasse ébauchée, j'te clouerais l'âme entre deux pavés.

Le Faraud. — Nous serions deux.

Jérôme. — Quien crois-moi, r'tire-toi, car j'te donnerons tout à l'heure un rayon sur l'œil, qu'tu n'verras goutte de six semaines.

Le Faraud. — Si nous n'étions ben épeurés, tu nous frais quasiment peur, enfant de chœur de Toulon.

Jérôme. — Veux-tu t'taire, moule de gueux ; nous autres, j'sommes d'ces chiens d'sus l'port, da, j'nous r'lichons avec l'un, j'nous r'lichons avec l'autre.

Le Faraud. — Nous serions deux, te dis-je ; n't'chauffe pas, car les pleurésies sont dangèreuses c't'année.

Jérôme. — Veux-tu voir?

Le Faraud. — Quoi voir, qu't'aboieras beaucoup et qu'tu mordras pas.

Jérôme. — Attends, gredin ! attends que j'ayons

mis bas not'vest' des dimanches pour n'pas la ta-rabuster ; tu vas voir beau jeu.

Le Faraud. — Allons donc, batteur, ne faites pas l'méchant.

Jérôme. — J'crois que c'gratte pavé-là a envie d'me faire rire.

Le Farand. — Pourquoi pas, puisque j'avons l'temps.

Jérôme. — Laisse-m'y passer, Marie-Janne, que j'apalque contre ce mur ce grand idiot, ce grand coupe-jarret-là.

Margot au Faraud. — Et allez-vous-en aussi, quand on vous l'disait.

Le Faraud. — Eh ! v'là ma commère la possé-dée ressussitée. Et comment va la botte, mes amours ; m'en voulez-vous toujours ?

Margot. — Rends donc compte à Malbrough, étudiant d'la grève empaillée, mauvaise loque mal pendue.

Le Faraud. — Bon pour toi, la belle, d'être em-paillée, Vénus de contrebande.

Margot. — Regarde donc, Marie-Jeanne ! v'la-t'y pas un biau morceau pour nous molester d'la sorte ; grand'perche à gauler des noix, va si m'homme t'entendait y t'frait rentrer les paroles dans l'ventre, mossieu de Bois-Flotté, espèce de chevalier d'parade.

Le Faraud. — Qui ? ton marmouzet, où est-il que j'l'avale tout cru ?

Margot. — Toi, mine à fair'peur ; va-t'en dis-je, avec ta figure d'papier mâché, qu'est qui nous veut c'grand pendu-là ? Veux-tu t'en aller, vilain mâgot d'la Chine ! veux-tu te courir !

Le Faraud. — Tout beau, tout beau ! m'am'zelle l'enragée, en as-tu assez dégoisé ?

Margot. — Echappé du Jardin des Plantes, sais-tu c'que c'est qu'une femme comm'moi, pour mécaniser son physique, espion d'orphelins d'murailles !

Le Faraud. —Tu n'manques pas d'toupet, avec tes yeux à fleur de tête comme un gros sou dans l'bissac d'un aveugle. Oh ! que si, que j'dis la vérité, vilaine.

Margot. — Faudrait être sorti de ta bohémienne d'famille, pour être un monstre d'nature comme toi, l'horreur du genre humain.

Le Faraud. — Tais-toi donc, crème de laideur, honnête fille manquée, tête à giffle ? Va, va, ne fais pas tant la fière ; si t'as un foulard su'l'dos, c'n'est pas un prix d'vertu.

Margot. — Et d'quoi t'embarasses-tu, hai ? La vartu c'est mon chef de file, j'pouvons ben hardiment dire qn'all'nous fait vivre, entends-tu monsieur l'efflanqué d'malheur.

Le Faraud. — Quien, r'garde donc c'te belle et bonne chienne, la v'la rouge comme un rubis, belle comme un oignon on n'peut pas la r'garder sans pleurer ; alle est propre comme un'pelle à boueux, grave comme un parement d'corbillard.

Margot. — Eh bien ! est-ce là tout , cœur de citrouille fricassé dans la neige ? T'as le bec mort, avec ta figure vermeille comme un coing et ton vilain nez épaté.

Le Faraud. — Pourquoi veux-tu qn'j'ayons le bec mort ? va, va, j'avons mangé d'l'ail, j'avons l'haleine forte ; or, j'dirons en deux paroles et une bredouille que t'es un gibier échappé de la boucherie à Blanc Vilain (1).

Margot. — Allons, hue, grigou, morveux, avec tes yeux chassieux.

____

(1) Abattoir des chiens et chevaux, plaine des Vertus.

Le Faraud. — A la Saint-Jean prochaine, l'on devrait bien ainsi que les tiens vous faire prendre un bain dans un cent d'fagots, car vous êtes des crânes mauvaises herbes.

Margot. — Jérôme, entends-tu c'visage antique, qui dit que j'devrions être tous brûlés?

Jérôme. — Tu n'saurais lui répondre que c'est jeudi son tour, que ses billets d'enterrement sont sous presse?

Le Faraud. — Tu badines, te dis-je ; car demain l'équarrisseur fera un haricot de ton corps, comme n'étant bon qu'a encombrer la voirie.

Jérôme. — Attends-moi là, j'sommes à toi dans 'quart d'heure.

Le Faraud. — Arrêtez donc, n'allez pas si vite, mon cher, vous allez vous faire mal.

Jérôme. — N'bouge donc pas, chien ! reste donc en place.

Sur ces mots, il va chercher un bâton, et revient aussitôt. Le Faraud, en le voyant venir met la flamberge au vent. Margot et Marie-Jeanne, saisissent le Faraud par-derrière ; Jérôme profite de cela, saboule le Faraud, lui casse son épée ; la garde vient, on arrête Jérôme et son rival ; Margot et Marie-Jeanne vont aussi chez le commissaire, Jérôme et le Faraud vont au poste, Margot et Marie-Jeanne sont mises en liberté.

MARIE-JEANNE RENCONTRE LA JAQUELINE QUI LUI DEMANDE DEUX SOUS QU'ELLE LUI DOIT.

La Jaqueline. — Et mes deux sous, quand me les bailleras-tu?

Marie-Jeanne. — Quand les poules marcheront avec des béquilles. (Elle lui montre des cornes.)

La Jaqueline. — Eh ben ! puisque c'est comme ça, je n'te quitterons pas que j'les ayons ou j't'arracherai ton bonnet.

Marie-Jeanne. — Quien, v'la toujours pour toi. (Ce sont encore des cornes qu'elle lui montre.)

La Jaqueline. — J'veux que l'diable emporte l'âme d'mon chien, si tu n'me les donnes tout à l'heure.

Marie-Jeanne. — Tu ne les auras pas, car t'es un'affronteuse.

La Jaqueline. — Et toi, qué que t'es ? une larronneuse, un'floueuse, un'coquine à qui j'frais bien d'serrer l's'colas. Va, j'te connaissons d'puis longtemps.

Marie-Jeanne. — Quand tu nous connaîtrais, je n'sommes pas une effrontée comme toi, un reste de pâte à tout le monde, pleureuse ; j'n'allons pas de porte en porte geindre et dire que j'n'ons pas d'pain.

La Jaqueline. — M'y as-tu vue, mangeuse d'tout bien, pilier d'cabaret? tiens, tais-toi, t'es encore en ribotte.

Marie-Jeanne. — Faudrait y pas être un sac à tout grain comme toi.

La Jaqueline. — Tu n'as donc jamais vu ton bec pour m'appeler sac, nous en voyons pourtant l'ouverture d'un beau au-dessous d'ton nez.

Marie-Jeanne. — T'en es pas plus chouette pour cela.

La Jaqueline — J'valons ben not'dernière marraine.

Marie-Jeanne. — Qui, toi ! ça n'sera jamais ton tour ; qu'est-ce qui voudrait d'toi? car tu n'vaux pas les quatre fers d'un chien.

La Jaqueline. — Et toi la corde pour te pendre. La vilaine! la vilaine !

Marie-Jeanne. — Ne crie point la vilaine ; j'ons pas encore vendu mes hardes comme t'as fait pour nous faire blanchir.

La Jaqueline. — J'aimons mieux être toute nue que d'avoir des crocs dans tout Paris, comme t'as fait. Quien, crois-moi, rends-moi mes deux sous, car j'allons nous torcher.

Marie-Jeanne. — J'sommes pour toi.

La Jaqueline. — Dépêche-toi, te dis-je, de me les rendre.

Marie-Jeanne. — Les dépêchés sont pendus.

La Jaqueline. — Tu n'veux donc pas ? foi de Jaqueline, j'vas t'prendre ton bonnet.

La Jaqueline se met en devoir d'ôter le bonnet de Marie-Jeanne, qui lui baille une giroflée à cinq feuilles à droite un moule de gants à gauche ; elles se battent, les bonnets prennent un bain dans le ruisseau. Marie-Jeanne est cependant la plus forte ; elle dit à la Jaqueline qui a les yeux pochés au beurre noir :

— En as-tu assez pour tes deux sous ?

La Jaqueline répond : — J'sommes contente ; j'les aurons toujours bien.

Marie-Jeanne. — Quien, quand j't'aurons encore donné le bal.

La Jaqueline. — Tu n'oserais venir avec moi.

Marie-Jeanne. — Pourquoi pas ! J'yons partout la tête levée ; toujours faisant ben, rien n'craignons.

Les voilà parties chez l'liquoriste du coin, ou elles demandent demi-septier de fil en trois, de chnic, de cric, de parfait amour de chifforton ou d'eau d'af, suivant le choix de leur classification verbeuse, et afin que la comédie leur entre dans le ventre.

LA PIPE CASSÉE,

POÉME

ÉP.–TRAGI-POISSARDI-HÉROI-COMIQUE.

======

CHANT I.

Je chante sans crier bien haut,
Ni plus doucement qu'il ne faut,
La destruction de la Pipe
De l'infortuné La Tulipe.
On sait que sur le port aux Blés
Maint forts-à-bras sont rassemblés ;
L'un pour, sur ses épaules larges,
Porter ballots, fardeaux ou charges ;
Celui-ci pour les débarquer,
Et l'autre enfin pour les marquer.
On sait, ou peut-être ou ignore,
Que tous les jours avant l'aurore,
Ces beaux muguets à bran-de-vin
Vont chez la veuve Rabavin
Tremper leur cœur dans l'eau-de-vie ;
Et fumer s'ils en ont envie.
Un jour que se trouvant bien là.

Et que sur l'air du beau lanla
Ils chantaient à tour de mâchoire
Maints et maints cantiques à boire,
Que, gueule fraîche et les pieds chauds,
Ils se fichaient de leurs bachots,
Sans réfléchir qu'un jour ouvrable
N'était point fait pour tenir table,
Hélas ! la femme de l'un d'eux,
Trouble-plaisir et boute-feux,
Arrive et retrousse ses manches,
Déjà ses poings sont sur ses hanches,
Déjà tout tremble, on ne dit mot;
Plus de chanson, chacun est sot.
Jean-Louis, que ceci regarde,
Veut apaiser sa femme hagarde,
Mais en vain est-on complaisant
Avec un esprit malfaisant.
« Tiens, lui dit-il, bois une goutte.
— Va-t'en, chien, que l'aze te f...
Lui dit-elle en levant un bras.
Sa quargué ! tu me le paîras ! »
Et bravement vous lui détache
Un coup de poing sur la moustache.
Jérôme lui saisit les mains,
Dont les jeux étaient inhumains :
« La paix, dit-il, morgué ! commère!
Vous avez tort. — Allez, compère,
Vous ne valez pas mieux que lui;
Vraiment, ce n'est pas d'aujourd'hui
Qu'on vous connaît, gueux que vous êtes
A votre avis, les jours de fêtes
N'arrivent-ils pas assez tôt?

Jarni ! si je prends mon sabre ,
Je vous en torcherai la gueule !
Puis-je gagner assez moi seule
Pour nourrir quatre chiens d'enfants
Qui mangeont comme des satans ?
Et ma fille qu'est en nourrice ,
La pauvre enfant, Dieu la bénisse !
Un jour elle aura ben du mal.
Tu me réduis à l'hôpital.
Jérôme, lâche-moi , j'enrage !
Ah ! tu vas voir un bon ménage !
Va , sac à vin, crève , maudit ! »
A peine eut-elle ceci dit ,
Qu'on vit renforcer l'ambassade
D'un duo femelle et maussade.
Jérôme voyant sa moitié ,
Rit à l'envers, frappe du pié ;
La Tulipe avisant la sienne ,
Montée en belle et bonne chienne ,
Eût mieux aimé voir un serpent ,
Ou le beau fils * qui rompt et pend
Ceux qui point dans leurs lits ne meurent.
Enfin tous interdits demeurent
Dans un silence furieux.
L'une écrase l'autre des yeux ;
Mais la grosse et rouge Nicole ,
Recouvrant enfin la parole ,
Ainsi que les gestes mignards ,
Dit ces mots en termes poissards :
« Vous v'là donc , tableau de la Grève :

* Le bourreau.

Dieu me pardonne et qu'il vous crève !
Saint Cartouche est votre patron.
Françoise, tiens bien mon chaudron.
Allons, vilain coulis d'emplâtre,
Un diable et puis vous trois font quatre,
Marionnettes du pilori,
Reste de farcin mal guéri,
Enfants trouvés dans de la paille,
Sans nous vous faites donc ripaille
Visages à faire des culs,
Et trop heureux d'être cocus...
— Cocus, interrompit Françoise ;
Nicole, ne cherchons pas noise :
Si ton chien d'homme est dans le cas,
Tant pis ; mais le mien ne l'est pas.
— Il l'est ! — T'as menti ! — Qui, moi ? paffe ! »
Un soufflet. Même patarasse
Est ripostée. Autres soufflets,
Autres rendus. Adieu bonnets ;
Fichus de suivre la coiffure ;
Tétons bleus, rousse chevelure,
De se montrer aux spectateurs.
Le feu, la rage au lieu de pleurs,
Sortent des yeux de chaque actrice ;
Et dans ce galant exercice,
Elles allaient enfin périr,
Si, forcé de les secourir,
On ne l'eût fait. Jean se dépêche ;
De puiser un beau seau d'eau fraîche ;
Et de nos braves s'approchant,
Les tranquillise en leur lâchant
Le tout à travers les oreilles.

On but beaucoup par là-dessus,
Et bientôt il n'y parut plus ;
Les voilà d'accord. La paix faite,
Jean-Louis chante, et l'on répète.
Or, voici ce que l'on chanta,
Et ce que chacun répéta :

Chanson de Manon Giroux.

Qui qui veut savoir l'histoire
    De Manon Giroux ?
J'lons encor dans la mémoire,
    Y accourez trétous.
All' n'est pas guère à la gloire ;
    Mais, dam ! voyez vous,
C'est qu' quand on z'aime tant à **boire**,
    C'est plus fort que nous.

Pour entrer dans la maquière,
    Faut savoir d'abord
Qu'all' a fait long-temps la fière
    Le soir sur le port :
Les messieurs de not' barrière,
    D'sous l'bras la prenant,
Alle en avait par derrière,
    Et pis par devant.

Bachot de la Gornouillère
S'croyait son futur ;
On l'avait fait son compère,
Pour qu'ça fût plus sûr.
Manon, faisant la z'hupée
Comm' quand on a d'quoi
Dit : « I m'faut z'un homme d'épée ;
N'pensez plus à moi. »

Bachot, de la parférence
Piqué comme un chien,
Pour afin d'avoir vengeance,
Fait semblant de rien :
« Mam'zelle, n'y a pas d'réplique,
Dit-il ; mais demain,
Quittons-nous, comm' ça s'pratiqué,
Le verre à la main. »

Ah ! vraiment, monsieur, c'est juste ;
Drès demain c'est fait. »
Mam'zelle Giroux s'ajuste,
Met son mantelet ;
Bachot itou s'endimanche,
Prenant Cornichon ;
Tous trois vont casser l'éclanche
Au premier bouchon.

V'là, pendant qu'Manon chopine,
Cornichon qui part ;

Vers les commis s'achemine
    Tout comme un mouchard ;
« Gn'a, dit-il, une marchande,
    Messieux, t'ici près ;
All' a de la contrebande,
    Tout plein de paquets. »

Bachot, versant à sa belle
    Toujours quelques coups,
L'amuse à d'la bagatelle,
    Autour des genoux.
D'abord son œil elle rouie...
    Dam ! lui qui voit ça,
Dit : « Sus vot' respect, ma poule,
    Faut passer par là. »

Comme alle avait sa cornette
    Encor de travers,
V'là les commis en cad'nette
    Et z'en habits verts ;
Tout un chacun de surprise
    Tombit de son haut,
De voir Manon Giroux grise,
    C'quest un grand défaut.

« Quoi ! c'est vous, mademoiselle ?
    (Dit l'un d'ces messieux.

Y amants, vot' partie est belle :
    Fi donc ! qu'c'est honteux !
Est-ce ainsi qu'on se comporte ?...
    C'est bon z'à savoir. »
Puis tous ils ferment la porte ,
    Lui fichant l'bonsoir.

Vous que cet exemple touche ,
    Ça vous fait ben voir
Qe fille qu'est sus sa bouche ,
    -Manque à son devoir.
Et par cette historiette ,
    On est convaincu
Qu'il ne faut pas que l'on pette
    Plus haut que le cu.

« Alle est drôle , dit La Tulipe ,
En bourrant de tabac sa pipe ;
Mais buvons t'un coup... C'est bien dit :
Si gn'en avait... J'avons crédit.
— C'est, dit Jérôme , pas la peine ;
Allons ach'ver la semaine
C'est d'main dimanche , j'irons
Entendr' vêpr's aux Percherons.

CHANT II.

Voir Paris sans voir la Courtille,
Où le peuple joyeux fourmille,
Sans fréquenter les Porcherons,
Le rendez-vous des bons lurons,
C'est voir Rome sans voir le pape.
Aussi ceux à qui rien n'échappe,
Quittent souvent le Luxembourg,
Pour jouir dans quelque faubourg
Du spectacle de la guinguette.
Courtille, Porcherons, Villette,
C'est chez vous que puisant ces vers
Je trouve des tableaux divers ;
Tableaux vivants où la nature
Peint le grossier en miniature
C'est là que plus d'un Apollon,
Martyrisant le violon,
Jure tout haut sur une corde ;
Et, d'accord avec la Discorde,
Seconde les rauques gosiers
Des fareaux de tous les quartiers.
C'est aussi là qu'un beau dimanche,
La Tulipe, en chemise blanche,
Jean-Louis en chapeau bordé,
Et Jérôme en toupet cardé,
Chacun d'eux suivi de sa femme,

A l'image de Notre-Dame
Firent un ample gueuleton.
Sur table un dur dodu dindon,
Vieux comme trois, cuit comme quatre,
Sur qui l'appétit doit s'ébattre,
Est servi, coupé, dépecé,
Taillé, rogné, cassé, saucé.
Alors toute la troupe mange
Comme un diable, et boit comme un ange

« A ta santé, toi. — Grand merci ;
J'allons boire à la tienne aussi.
Eh! Françoise, eh! tiens, si tu l'aime,
Prends le pilon. —Prends-le toi-même ;
Chacun peut ben prendre à son goût :
En v'là très-ben ; et si v'là tout,
Est-ce que j'avons pas un' salade?
— Non, non ! ça te rendrait malade.
— C'nest que quinz' sous. — C'en est ben
Qui nous vaudront deux pots de vin. [vingt,
Pour six, une grosse volaille
Est autant qu'il faut de mangeaille :
Pas vrai, Jean-Louis ?... Réponds donc !
Pas vrai qu'au lieur... — Oui, t'as raison ;
Mais varse-nous toujour' à boire ;
Et vraiment, ma commère Voire,
Et vraiment, ma... varse tout plein...
Il semble que tu nous le plain...
— Moi! mon guieu non ! ben aucontraire ;
C'est que tu z'hausse en haut ton verre.
— J'ai tort. J'avons-t-y du vin?—Non.

« — Parlez donc, monsieur le garçon,
Apportez du pivois, et vite. »

Aussitôt la parole dite,
On renouvelle l'abreuvoir :
C'est alors qu'il faisait beau voir
Cette troupe heureuse et rustique
S'égayer dans un choc bachique.
Vous, courtisans, vous, grands seigneurs,
Avec tous vos biens, vos honneurs,
Dans vos fêtes je vous défie
De mener plus joyeuse vie.
Vos plaisirs vains et préparés
Peuvent-ils être comparés
A ceux dont mes héros s'enivrent ?
Sans soins, sans remords, ils s'y livrent.
Mais vous, prétendus délicats,
Dans vos magnifiques repas,
Esclaves de la complaisance,
Et gênés au sein de l'aisance,
Prétendez-vous savoir jouir ?
Non ! vous ne savez qu'éblouir.
Avec vos rangs, vos noms, vos titres,
Vous croyez être nos arbitres :
Pauvres gens ! vos faibles lueurs
N'en imposent qu'à vos flatteurs.
Votre orgueil nourrit leur bassesse.
Toujours une vapeur épaisse
Sort de leur encens empesté,
Et vous masque la vérité.
Il est un prince qu'on révère,
Pour qui l'univers est sincère,

Qu'ou aime sans espérer rien ;
Qui?... C'est votre maître et le mien.
Demandez son nom à la gloire :
C'est assez dit ; parlons de boire.
Cependant, las de godailler,
Nos ribotteurs veulent payer ;
Pour payer demandent la carte,
Et pardessus un jeu de carte.
Sitôt parlé, sitôt servis ;
— Mais, dit Nicole, à votre avis,
Combien j'avons· t'y de dépense,
Monsieu? lisez-nous c'te sentence :
— Le total? — Oui. — Cinquante sous.
— Cinquante sous ! Je vous en fous !
C'est trop cher.—— C'est trop cher, madame?
Je veux que le Diable ait mon ame,
Si je ne vous fais bon marché !
— Allez, monsieu le débauché,
Vous serez content de la bande.
Adieu, morceau de contrebande. »
La même table qui servit
D'autel à leur rude appétit,
Sans choix fut à l'instant choisie
Pour leur servir de tabagie.
C'est là que le trio d'époux,
Du hasard éprouvant les coups,
Gobait goujon, couleuvre, anguille,
En jouant à la biscembille,
Un contre un, écot contre écot ;
Tandis que Nicole et Margot
Faisaient compliment à Françoise
Sur son casaquin de siamoise,

Afin que Françoise à son tour
Civilisât leur propre amour :
Propre amour ! le terme est impropre...
Pour bien dire, on dit amour-propre...
Soit . je ne veux pas disputer ;
Mon but n'est que de raconter.
Mais revenons à notre histoire ;
Laissons nos lurons rire et boire.
A la réponse que faisait
Françoise, à ce qu'on lui disait.
« Mon casaquin , leur répond-elle ,
Vaut bien ce chiffon de dentelle
Qui vous entoure le cerviau.
C'est comme une fraise de viau,
Toús ces plis qui sont sur ta tête...
— Tu raisonnes comme une bête ,
Lui dit Nicole ; et pour un peu ,
Françoise, tu verrais beau jeu.
Je te louons sur ta parure,
Et tu prends ça pour une injure?
T'as tort... mais tort ; vante-t'en-z'en ;
Garde ton casaquin de bran ,
Ou mange-le ; que nous importe !
Il est à toi, car tu le porte,
Et not' garniture est à nous.
Quoi ! dit Margot, vous fâchez-vous?
Queu chien de train ! Tiens, toi, Françoise,
T'as toujours en l'âme sournoise;
Ton esprit surpasse en noirceur
Ltrésorier de Notre Seigneur.
—Tais-toi, ne m'échauff' pas , Nicole ;
Autrement, tiens, moi, je t'accole...
—Toi, m'accoler? Ah ! je te crains.

— Milguieux ! si je te prends aux crins...
Tiens, veux-tu voir ?— Oui, voyons ; touche!
Mais touche donc !... tu t'effarouche.
Gueuse à crapauds ! coffre à graillon !
Tu te pâmes... vite, un bouillon :
La v'là couleur de sucre-d'orge,
L'onguent gris li monte à la gorge ;
Ses beaux yeux bleus devenont blancs.
V'là donc comm' tu fais des semblants
Quand ton croc veut que tu partages
Avec li tes vilains gagnages?

A ces mots, Françoise pâlit ;
L'ardeur de vaincre la saisit,
Et d'un effort épouvantable
Elle arrach~ un pied de la table,
Qui d'un bout, tombant en sursaut,
Va chercher à terre un tréteau.
De ce coup les cartes sautèrent,
Nos joueurs transis se levèrent,
Mais se levèrent assez tôt
Pour sauver la pauvre M. rgot
D'un coup qui menaçait sa vie.
Françoise la suit en furie :
« Je veux, dit-elle, me venger,
A votre barbe la manger.
Comment! qu:, moi, j'aurai la honte
De voir qu'à mon nez on m'affronte?
Ah ! j'y perdrais plutôt mon cœur,
Mon c..., ma gorge, mon honneur.
Te v'là donc, chienne ? Otez-vous, gare ! »
Elle frappe : Jean-Louis pare

D'une main ; de l'autre il surprend
Le bâton , et Jérôme prend
A bras-le-corps notre harpie :
« Françoise, dit-il, je t'en prie,
Laisse ça là. Venons-je ici
Pour nous battre? Que diable ! aussi,
Tu veux toujours gouailler les autres,
Et pis ils t'enverront aux piautres.
Chacun son tour ; ça, finissons.
Je te prends pour danser ; dansons.
Prends Nicole , toi , La Tulipe ;
Quitte pour un moment ta pipe ;
Morgué ! tu fumeras tantôt.
Et toi, Jérôme , prends Margot.
Stell'-là des trois qui la première
Aura d'la mauvaise magnière ,
Je l'écraserons ! all' verra,
Ou le Diable m'écrasera !...
Monsieu le marchand de cadence !
Vendez-nous une contredanse,
Sur l'air d'un nouveau cotillon. »
Soudain il sort du violon,
Qui par sa forme singulière
Avait l'air d'une souricière ,
Des sons que les plus fermes rats
Auraient pris pour des cris de chat
Après la belle révérence.
On part en rond , chacun s'élance,
Saute et retombe avec grand bruit ;
Sous leurs pieds la terre gémit.
La haine de Margot la fière
S'envole parmi la poussière.

Françoise n'est plus en courroux ;
Ses yeux ont un éclat plus doux ;
Nicole n'a plus de rancune :
La paix entre eux devient commune :
Même on les vit s'entre-baiser,
Quand ils furent soûls de danser.

L'heure de retourner au gîte
Venant pour eux un peu trop vite,
Il fallut payer sur-le-champ,
Et, comme on dit, ficher le camp.
C'est, sans dire adieu ce qu'ils firent,
Et de très-bonne humeur sortirent.
Tous six se tenant sous le bras,
Allaient plus vite que le pas.

Pour moi, je pris une autre route,
En m'acheminant sans voir goutte,
J'arrivai chez moi plus tôt qu'eux.
Tête pleine et le ventre creux.

CHANT III.

Le travail, les soins et la peine,
Furent faits pour la gent humaine.
Il est des travaux différents,
Selon les états et les rangs.

Tout le monde ne peut pas naître
Prince, marquis, richard ou maître;
Mais chacun vit de son métier;
Vive celui de maltôtier!
C'est où la bizarre fortune
En suant roule la pécune
A la barbe des pauvres gens.
Serons-nous toujours indigens,
Nous, dont les labeurs d'une année
N'acquitteraient pas la journée
Qu'un sous-traitant passe à dormir?
Espérons tout de l'avenir.
Mais en attendant qu'il nous vienne
Un sort heureux qui nous maintienne
Dans un état toujours oisif,
Il faut, moi, que d'un air pensif,
Je cherche et trouve par ma plume
Le tabac que toujours je fume;
Car, non content d'être rimeur,
J'ai le talent d'être fumeur.
Il faut, pour la paix du ménage,
Que Jean-Louis se mette en nage,
En travaillant au bois flotté;
Que Jérôme, de son côté,
Comme La Tulipe d'un autre,
Suivant les lois du saint apôtre,
Aillent chrétiennement chercher
De quoi dîner, souper, coucher;
Et que leurs femmes laborieuses,
De vieux chapeaux, fières, curieuses
En gueulant arpentent Paris,
Pour aider leurs pauvres maris.

Lorsque leur ange tutélaire
Les conduit vers un inventaire,
Pour elles c'est un coup du ciel.
Un jour, sur le pont Saint-Michel,
Il s'en fit un : elles s'y rendent.
En arrivant elles entendent :
« A vingt sous la table de bois !
« Une fois!... deux fois!... et trois fois!...
« Adjugé ! » — « Qui donc qu'on adjuge
Tout doucement, monsieu le juge,
Dit Nicole ; je mets deux sous...
— Par dessus ? — Où donc ? par dessous.
Tiens, veut-il pas gouailler le monde ?
C'est dommage qu'on ne le tonde ;
Car ses cheveux sont d'un beau blond.
— La mère, vous en savez long,
Dit l'huissier ; emportez la table.
— Hé mais, vraiment, monsieu capable
Reprend Margot ; chacun pour soi.
— Hé, par la saguergué, tais-toi !
Dit Françoise en haussant l'épaule ;
Laisse monsieu jouer son rôle ;
Vas-tu gueuler jusqu'à demain ?
Notre maître, allez votre train. »
Soudain meubles de toute espèce
Furent vendus pièce par pièce.
Mais notez que chaque achetant
Recevait son paquet comptant
De la part de nos trois commères.
Quiconque poussait les enchères
Un peu haut, était empoigné,
Et s'en allait le nez cogné :

Témoin une jeune fringante,
Un mantelet, robe volante,
En bonnet à grand pavillon,
Qui la dansa, mais tout du long.
Ce fait vaut bien qu'on le distingue :
C'est à propos d'une seringue,
Qui, par elle mise hors de prix,
De Françoise excita les cris.
« C'est pour vous, gardez-la, dit-elle ;
Hé ! Margot, vois donc c'te d'moiselle !
Sa figure a ma foi bon air ;
C'est un p'tit chef-d'œuvre de chair !
Parlez donc, la belle marchande,
C'est-y pour laver votre viande
Que vous emportez ce bijou ?
Vous vous récurez plus d'un trou.
— Vous êtes une impertinente,
Dit la demoiselle tremblante ;
— Cessez un propos clandestin,
Allez ; j'n'entendons pas l'latin,
La belle ; clandestin vous-même,
Avec son visage à la crême,
Son nez, son menton bourgeonnés,
Et puis ses beaux yeux mitonnés !
Qu'est noir, mon guieu ! c'est une mouche.
Allez, qu'un cent d'Suisses vous bouche.
Pour le coup, mon chien de poulet,
C'est bien la mouche dans du lait.
Quoi ! vous vous en allez, ma reine !
Adieu, belle ange ! Ah ! la vilaine,
Qui donne à téter à son cu.
Allez, seringue. — Y penses-tu,
Dit Margot ? veux-tu bien te taire,

Gueule de chien ; v'là l'commissaire.
— Ça ! tu gouailles ; c'est un abbé.
Pargué, va, le v'là ben tombé,
S'il s'en vient pour ficher la gance.
Mesdames, un peu de silence,
Leur dit modestement l'huissier. »
Ensuite il se met à crier
Un jupon d'étamine noire,
Qu'on prit d'abord pour de la moire,
Tant les taches l'avaient ondé.
Margot l'ayant bien regardé,
Passe d'un sou : on le lui laisse.
Soudain l'abbé, fendant la presse,
Suroffre de dix-huit deniers.

« Bon, les offrez-vous tout entiers?
Dit Margot, faisant la grimace.
Par ma foi, monsieu Boniface,
Quand vous auriez quatre rabats,
V'là l'jupon, mais vous n'l'aurez pas.
Vot' manteau tombe par filandre ;
Au lieu d'acheter faut vous vendre.
T'nez, rapportez-vous-en à nous :
A six blancs l'abbé de deux sous.
Le veux-tu prendre, toi, Nicole ?
— Qui, moi? mais je serais donc folle?
Je perdrions moitié dessus.
— Françoise, et toi? — Ni moi non plus.
Tu le gardras, toi, je parie.
— Moi? j'n'avons pas d'ménagerie ;
Quoi qu' j'en f'rons donc? — Dam! voi.
Vois toi-même, allons, parle. — Moi...

J'en fais un heurtoir * de grand' porte.
— Et moi, que le Diable l'emporte,
Il en fera son aumôgnier. »
L'abbé, penaud comme un panier,
Dit : « Vous êtes des harengères ;
Finissez, trio de mégères !
— Ménagères, quand nous voulons.
Avec ses souliers sans talons,
Le v'là dans un bel équipage,
Pour parler de notre ménage !
C'est vrai, quoi qu'il vient nous prêcher
Ne t'avise pas d'approcher,
Car, le Diable me caracole
Si je ne t'applique une gnole,
Qui tiendrait chaud à ton grouin,
Diable de perroquet à foin,

Mousquetaire de Piquepuces,
Jardin à poux, grenier à puces ! »
Elles l'auraient mangé, si l'on
N'eût remis la vacation
A deux heures de relevée.
Ce n'était là qu'une corvée
Pour nos trois femelles. Aussi
En revanche, l'après-midi,
Maints effets elles achetèrent,
Puis chez elles s'en retournèrent,
Où leurs trois maris cependant
Chopinaient en les attendant.
Les nippes sur table posées,

* Figure hideuse à laquelle est attaché le marteau.

Et les commères reposées,
Il fallut vider ou lotir,
Cela veut dire répartir,
L'achat des meubles fait entre elles.
Bon sujet à bonnes querelles.
Margot déjà commence par
Sauter sur la meilleure part.
C'était un rideau de fenêtre.
« Tu laisseras ça là, peut-être,
Dit Françoise; ou ben j'allons voir. »
Nicole, qui le veut avoir
Aussi bien que ses deux compagnes,
Dit : « Tu le vois et tu le magnes;
Mais v'là qu'est ben, reste-z'en là.
— Qui, toi, chaudière à cervela !
C'te vieille allumette sans soufre !
Mon guicu, v'là qu'alle ouvre son gouffre ·
Prenez garde, all' va m'avaler.
— Va, tu fais ben de reculer,
Dit Margot, contre ton chien d'homme ;
Car, sans ça, tiens, tu verrais comme
J'équiperions ton cuir bouilli,
Cadavre à moitié démoli,
Va, poivrière de Saint-Côme,
Je me fiche de ton Jérôme. »
Alors, sautant sur le rideau,
Elle en arrache un grand lambeau.
Françoise de son côté tire,
Et tire tant qu'elle déchire
Même portion que Margot;
Nicole eut le troisième lot.
Non sans vouloir faire le diable,

Mais Jean-Louis, d'un air affable,
Voulant apaiser le débat,
Leur dit : « Saquergué, quel sabbat !
Tiens, femme, agonise ta goule ;
Crois-moi, milguieux ! Si t'étais soûle,
J'dirais : Eh ben ! c'est qu'alle a bu.
Finis donc : un chien qu'est mordu,
Mort l'autre itou, coûte que coûte. »
A ce conseil Jérôme ajoute
Son avis ; dit-il, « Ecoutez :
Pour un rien vous vous argotez.
Quoi qui vous met tant en colère ?
Des gu'nilles ! V'là ce qui faut faire :
Faut les solir* cheux l'tapissier,
Et puis partager le poussier**.
— Compère, interrompt La Tulipe,
Je donnerais quasi ma pipe
Pour être comme toi ch'nument
Retors dans le capablement :
Tu dis ben, faut fair' c'te vente,
Et 'drès demain, dà, je m'en vante.
Ou bien moi je fiche à voyau
Les pots, les chenets, le rideau,
Le lit, les femmes et la chambre. »
Lors, tremblantes en chaque membre,
Elles firent ce qu'on voulut,
Et puis, qui voulut boire but.

* Vendre.
* De l'argent.

CHANT IV.

Romains, qu'êtes-vous devenus,
Vous à qui les mœurs, les vertus,
Servirent long-temps de parure ?
Amis de la simple nature,
Le luxe, idole de Paris,
Etait l'objet de vos mépris ;
Votre sagesse sans limite
Ne mesurait point le mérite
Au vain éclat de l'ornement,
Et vous saviez également
Faire rougir ceux qui sans place
Sans dignités, avaient l'audace
De ressembler par leur éclat,
A ceux qui gouvernent l'Etat.
Mais ici, quelle différence !
On n'estime que l'apparence ;
Et c'est ce qui cause l'abus,
Des états, des rangs confondus ;
C'est ce qui cause que Françoise,
Pour avoir l'air d'une bourgeoise,
Vient de se donner un jupon
De satin rayé sur coton ;
Que Margot vient de faire emplette
D'une croix d'or d'une grisette ;

Et que Nicole, s'endettant,
Vient à peu près d'en faire autant
Mais je les trouve pardonnables,
Leurs dépenses sont convenab'es
Au motif de leur vanité,
Qu'on doit prendre du bon côté.
La noce de Manon-la-Grippe,
Propre nièce de La Tulipe,
Cousine de Jérôme, et puis
Filleule de Jean-Louis,
Mérite bien que la famille,
Pour lui faire honneur, fringue et brille.
Mais avant les plaisirs fringants,
On introduit chez les parents
Le futur avec la future,
Et l'on parle avant de conclure.
« Ma gnièce, dit Françoise, — Eh bien ! —
Et vous, mon n'veu (car vous s'rez l'mien),
Vous vous mariez, ça me semble,
Pour afin d'être joints ensemble ;
Ça nous fera ben de l'honneur !
Vous paraissez bon travayeur,
Et ma gnièce est une vivante
Qui sait se magner. — Ah ! ma tante,
Vous avez ben de la bonté.
— Non, foi de femme, en vérité !
Va, j'te connais, t'as du ménage ;
Et c'est c'qu'y faut pour le mariage.
Ah dam ! quand t'auras des enfants,
Si tu veux qu'ils soient honnêt's gens,
Devant eux faudra pas se battre,
Jurer, ni boire comme quatre,

Ni riboter aveuq et'ici,
Pour faire enrager ton mari.
Tu m'entends ben, pas vrai?—Sans doute,
Dit Manon; et si j'vous écoute,
Ma foi, c'est que je le veux bien.
Avec vos beaux sermons de chien,
Semble-ty pas qu'on vous ressemble?
Allez, quand on a peur, on tremble.
— Quoi! dit la tante, cul crotté,
T'as ben de la glorieus'té!
Tu n'es qu'une petite gueuse!
Ta mère était une v'leuse,
Et ton père un croc. — Parle donc,
Dit Margot, diable de guenon,
Défunts mon cousin, ma cousine,
Etions près de toi d'la farine,
Creuset à malédiction!
T'as don l'enfer en pension
Dans ta chienne d'âme pourrie,
Vieille anguille de la voirie!
Guenippe! — Moi, guenippe! moi!
Margot, mon p'tit cœur, bon pour toi;
Guenippe est le nom qu'on te garde.
J'navons pas de fille bâtarde,
Et flatte-toi qu'un souteneur
N'a pas trempé dans notre honneur.
Mouche-toi, va, car t'es morveuse! »
A ces mots, Margot furieuse,
Grinçant les dents, roulant les yeux,
Lève un poing; mais entre elles deux
Nicole adroitement se jette :
« Allez, que l'Diable vous vergette! »

6.

Leur dit-elle en les séparant.
Mais Margot, en se rapprochant,
Allonge et lève une main croche.
A mesure qu'elle s'approche,
Nicole en riant la retient :
« Margot, est-ce que ça convient
Un jour d'noce ? c'est inutile.
Allons, r'mets-toi dans ton tranquille.
T'es brave femme, on sait ben ça. »

Ce mot de brave l'apaisa,
Même elle promit à Nicole
D'oublier tout, et tint parole.
Sur-le-champ on vint avertir
Qu'il était heure de partir.
On partit, et la compagnie,
A la belle cérémonie
Assista très-dévotement.
Le notaire et le sacrement
Ayant autorisé la fille
D'être femme et d'avoir famille,
Et George d'être son époux,
Toute la bande au Pont-aux-Choux
S'en va sans prendre de carrosse :
C'est pourtant le beau d'une noce ;
Mais quand le moyen est petit,
Et que l'on a grand appétit,
Il faut se passer d'équipage.
On arrive donc. Grand tapage,
Motivé par la bonne humeur,
Fait l'éloge de chaque acteur.
Sur la table une nappe grise

Est à l'instant proprement mise,
Et bientôt après le couvert.

« Monsieur, j'avons faim. » On les sert.
Les deux époux, suivant l'usage,
Sont placés au plus haut étage.

«Allons, Margot, tiens, passe, toi,
Moi! quand t'auras passé. — Pourquoi?—
Pourquoi! parce que t'es la tante. »
Jérôme qui s'impatiente,
Pour les faire cesser leur dit :
« Morgué! tout ça se refroidit.
Asseyez-vous donc, queux magnières!
Vous faut-il pas ben des prières
Pour vous faire assir?—Mon guieu non.
Nous y v'là-t-il pas?—Ah! bon donc. »

On s'assied. Le vin, la bombance
Leur impose un joyeux silence.
Personne ne sert, chacun prend
Au plat, et chaque coup de dent
Est enfoncé jusqu'à la garde;
L'une se jette sur la barde,
L'autre sur le cochon de lait,
Tandis que d'un fort gras poulet,
Margot ne fait que trois bouchées,
Ses manchettes toutes tachées
Par la graisse qu'on voit dessus,
Semblent des manchettes au jus.
Nicole à qui le gosier bouffe,
Dit : « Varse à boire, car j'étouffe.

— Hé! pargué, dit Margot, prends-en;
J'aim'rais autant être au carcan
Qu'auprès de toi, car tu me saoûle.
— Eh! va-t'en aux chiens, vilain moule!
As-tu pas peur qu'pendant c'temps là,
On n'mange ton manger que v'là?
Mais voyez c'te diable de gueule!
T'es bonne, mais c'est pour toi seule;
Car tu sais la civilité
Comme un chien. A votre santé,
Monsieux, madame la mariée…
— Ben obligé. Ben obligée. »
Les santés de r'chef d'tous côtés
Sont à rasades ripostées;
Chacun crie à fendre la tête.
Françoise, qui toujours est prête
A faire entendre son caquet;
Veut crier plus haut : un hoquet
Lui coupe soudain la parole.
Il redouble. « Oh! lui dit Nicole
Ne nous dégueule pas au nez. »
Alors Jérôme lui dit : « T'nez.
Pour qu'ça passe buvez, comère;
C'est l'droit du jeu.—Hé ben, copère,
A cause d'ça trinquons nous deux,
Voulez-vous?—Pargué, si je l'veux;
J'vous d'mande si ça se demande?
Puisque je n'avons pu de viande,
Buvons d'autant. Hé! Jean-Louis,
A boire, buvons, mes amis.
— Ah! dit Nicole, ça me rappelle
Note noce; alle était ben belle!

« T'en souviens-tu, Jean-Louis?—Qu'trop !
Qu'un diable t'emporte au galop ;
— Que trop ! voyez c'vieux cocodrille !
Ah ! l'beau meuble ! quand j'étais fille,
Il v'nait cheux nous faire l'câlin ;
T'es ben heureux, double vilain,
D'mavoir, car sans ça la misère
Aurait été ta cuisinière. »

Au milieu du bruit qui se fait,
La tulipe aveint son briquet,
Le bat en allongeant sa lipe,
Les écoute et fume sa pipe,
Nicole poursuit son aigreur ;
Son homme en rit de tout son cœur,
Ce rire insultant la désole :
« Ah ! tu ris donc, ! ris, belle idole :
T'as raison, oui, oui, ris, va, chien ;
Sur mon honneur, prends garde au tien. »
Simone dit « Quoi qu'tu t'tourmente ?
Va, t'es ben impatientante
De v'nir comm'ça nous aburir.
Finis... — Moi ? je n'veux pas finir.
Mais voyez un peu c'te Simone !
L'ordre me plaît, mais quand je l'donne.
— Oh ! dit Jérôme, point de chagrin.
Aussi bien, v'la monsieux crin-crin*.
D'la joie ! Allons, père la Fève,
Râclez-nous ça. « Chacun se lève
Et veut danser. Le couple heureux,

* Le violon.

D'un air tristement amoureux,
Demande un menuet et danse
Parfaitement hors de cadence.
Le marié triplant le pas,
Ne sait que faire de ses bras;
Gestes, maintien, tout l'embarrasse.
Son épouse, avec même grâce,
D'un air légèrement balourd,
Traîne le pied et tourne court.
Soit qu'elle fût timide ou fière,
Elle n'osait pas la première
A son danseur donner la main;
Et même jusqu'au lendemain
Elle eût occupé le spectacle,
Si sa tante d'un ton d'oracle,
N'eût dit : « Ma gnièce l'aime long;
C'est-il pour vous seule l'violon?
Dam', c'est que vous n'avez qu'à dire?
Croyez-vous que j'ons des pieds de cire! »

A ces mots le couple interdit,
Finit par faire place à huit.
Une joie épaisse et bruyante;
En les fatiguant les enchante.
Tout allait bien, quand des fareaux,
Sur l'oreille ayant leurs chapeaux,
Canne en main, cheveux en bequilles,
Entrent sans façon; et les drilles
Dansent sans en être priés.
D'abord l'oncle des mariés
S'oppose à leur effronterie.
« Vous n'êtes pas d'la copagnie,

Dit-il ; fichez l'camp sans fracas. —
J'voulons danser. — Ça n'sera pas.
Paix, le violon.—Moi j'veux qu'il joue.—
Si c'est vrai, que le diabl'me roue,
Dit Jérôme en gourmant l'un d'eux
Celui-ci le prend aux cheveux.

Jean-Louis arrache la canne
Du second. Oh! gueux, j'te trépane!
Fli, flon. La Tulipe à l'instant,
Sans se gêner, toujours fumant,
En saisit un par la cravate.
Le courroux des femmes éclate,
Leurs ongles, leurs dents et leurs cris,
e condent leurs braves maris.
L'horreur s'empare de la salle,
Et jamais à noce infernale
Il ne se fit un tel sabbat.

Enfin, dans le fort du combat,
Un coup lancé sur la Tulipe,
En cent morceaux brise sa pipe ;
De douleur il s'évanouit ;
Son vainqueur le croit mort, il fuit,
Aussi bien que ses camarades.
Françoise par ses embrassades,
Rappelle la Tulipe en vain ;
Il fallut dix verres de vin
Pour lui rendre la connaissance :
Il revient. un morne silence,
De longs soupirs, des yeux distraits,
Avant-coureurs de ses regrets,

Expriment sa triste pensée ;
« Ma pipe, dit-il, est cassée !
Ma pipe est en bringue, mill' guieux !
Je l' vois ben, oui, je l'vois d' mes yeux !
Quand j' pense comme alle était noire !
N'y pensons plus, il faut mieux boire... »
Pour l'oublier il se saoûla,
Et la scène finit par là.

SEMAINE D'AMOUR D'UNE CAMÉLIA,

Trouvée au bal Mabile (allée des Veuves), pièce fort curieuse et fort expéditive.

J'arrive avec l'aurore
Le Lundi....
Je lui dis : je t'adore
Le mardi....
Elle me dit : je t'aime !
Mercredi....
Je réponds : moi-même !
Le jeudi....
Passant devant l'église
Vendredi....
Et vous voilà marquise
Samedi !....
Le post-scriptum, ne dit pas, si ce titre nobiliaire fut de longue durée. Combien de marquises en ce genre !

FIN.

Paris. — Imp. Ch. Bonnet et Comp., 45, rue Vavin.